有爱的青春陪伴者

小哥哥,官宣吧

不知火 —·— 著

陕西新华出版传媒集团
太白文艺出版社

图书在版编目（CIP）数据

小哥哥，官宣吧 / 不知火著. -- 西安：太白文艺出版社，2020.3
ISBN 978-7-5513-1729-0

Ⅰ. ①小… Ⅱ. ①不… Ⅲ. ①长篇小说–中国–当代 Ⅳ. ①I247.5

中国版本图书馆 CIP 数据核字 (2019) 第 249305 号

小哥哥，官宣吧
XIAOGEGE,GUANXUAN BA

作　　者	不知火
责任编辑	谢　天
封面设计	颜小曼
版式设计	孙欣瑞
出版发行	陕西新华出版传媒集团
	太白文艺出版社
经　　销	新华书店
印　　刷	湖南凌宇纸品有限公司
开　　本	880mm×1230mm 1/32
字　　数	190 千字
印　　张	9
版　　次	2020 年 3 月第 1 版
印　　次	2020 年 3 月第 1 次印刷
书　　号	ISBN 978-7-5513-1729-0
定　　价	38.00 元

版权所有 翻印必究
如有印装质量问题，可寄出版社印制部调换
联系电话：029-81206800
出版社地址：西安市曲江新区登高路 1388 号（邮编：710061）
营销中心电话：029-87277748 029-87217872

• 目 录 MULU

第一章
讨厌的"麻雀" …………………… 001

第二章
误会惹的祸 …………………… 022

第三章
被一个女生撂倒了 …………………… 045

第四章
伪装女友 …………………… 062

第五章
你马甲掉了 …………………… 087

第六章
养纸片人都不养我！ …………………… 111

目录 MULU

第七章
天降外甥女 …………………………… 136

第八章
情绪危机 ……………………………… 161

第九章
表白拉锯战 …………………………… 184

第十章
我要我们在一起 ……………………… 206

第十一章
戏精的诞生 …………………………… 225

第十二章
假兄弟,真情侣 ……………………… 242

第十三章
今天也是甜甜的一天 ………………… 262

第一章
讨厌的"麻雀"

"最后通牒，如果你再不出去找工作，我就把你送去卖场当销售。"方妈不明白，想她一向雷厉风行，怎么就生了方铛铛这样的女儿呢！

"不……不是的，我有工作……"

"你那个直播再赚钱也不是正当职业，总之一句话，你要出去跟人接触，否则——"方妈一把拿起旁边的手办，毫不犹豫地拧断了塑料小人的脖子，顺便装了起来。

方铛铛跟着一跳，好像被拧断的是她自己的头。

"还杵那儿干什么，出去送我！还有，你时不时出门晃悠一下行吗？你都不知道物业给我打过多少次电话了，就怕你一个人死在家里。"

方铛铛低着头，不敢吭声。

好不容易在楼下送走方妈，方铛铛垂头丧气地往电梯处走。想到

刚才方妈临走前的吩咐,她就恨不得立刻找个山洞让自己返祖为猿。

她要是元旦之前不出去找工作,就别想拿回自己的手办了。可是她这辈子最不想做的事就是接触人!一想到卖场中的销售,她就打了个寒战。

为什么非要跟人接触?好好地当"宅女"不行吗?

当人真难!

叮——

电梯到了。

方铛铛正要进去,身边突然刮过一阵风——一个身材挺拔的青年已经先一步进了电梯。他手里拿着手机,整个人好像一朵食人花,正尖酸刻薄地对手机那边的人喷射腐蚀性极强的毒液。

"你不知道?你眼大如斗,脑仁可能被你脑子里面的漏斗在你上厕所的时候漏出去了,你当然不知道……不在意?呵呵,你那点儿姿色当然可以不在意了,可我年轻英俊,你要我不在意?你是嫉妒我吧?"

方铛铛抬起头看了一眼电梯里"年轻英俊"的这位,确定他的确像他自己说的那样。

对面的青年鼻子是鼻子,眼睛是眼睛,轮廓分明,气宇轩昂,身材挺拔瘦削,就连这辈子打算跟纸片人"白头偕老"的方铛铛也不得不承认,真是一副好皮囊。

如果不是他正拿着手机骂人，浑身上下散发着一种"快来打我"的气质，从头到脚那真是没得挑。

即使美貌青年再好看，方铛铛也心如止水。她不想跟人同乘一趟电梯，尤其是只有两个人的时候，里面的尴尬分子被无限放大，分分钟可以"癌变"，让她当场毙命。

况且对方气场强大，她更不想前进一步。

方铛铛站在原地，打算跟以前一样，等着电梯关门，她坐下一趟或者干脆爬上三十四层，然而等了半天，电梯门仍没有关上。

电梯里，年轻英俊的青年一只手扶着电梯门，面无表情地对电话那边发出最后一句"挨打邀请"。

"下次，你要是再把她放进来，我就把她鼻子里的假体取出来，戳你眼睛里！"

周至町威胁完对方，抬眼一看，正好跟还站在电梯门口的方铛铛的视线撞了个正着。这一看不要紧，方铛铛猝不及防，差点儿倒退。倒是周至町神情淡然，虽然说话不靠谱，但目光清明坦荡，一点儿也不像他表现出来的那样。

方铛铛下意识地低下头躲开他的目光，然而周至町已经先一步用眼神发出了疑问：还上不上来？

方铛铛本来想说"你先走吧"。可她要是能主动跟陌生人正常交流，也就不会被她妈天天数落了。蚊子一样的声音在喉咙间盘旋了半响,最终没能鼓起勇气说出口,只是一眨眼的工夫,她就错过了回答的最好时机。

她自暴自弃地进了电梯。

一进电梯她就赶紧缩到角落,跟周至町保持着远远一段距离。周至町有些疑惑地看了她一眼,又通过电梯里的镜子看了看自己。他依然好看,没有变得面目可憎啊。这人是被他的光环闪瞎眼了吗?

所幸周至町只是这么一想,并没有说出来,目光也只在方铛铛身上略一停留就移开了。

没有被注视太久,这才让躲在角落的方铛铛轻轻松了口气,悄悄地把手心的汗水擦在衣服上。

跟陌生人坐电梯,太让她煎熬了!

如果是高峰时期坐电梯那倒还好,一栋楼里总有性格外向的人活跃气氛,她一个人尴尬,也尴尬得不明显。但是,如果人少的话,尤其是两个人,那这段时间就太难熬了。

明明只有几分钟的时间,但好像被无限延长,所有的尴尬都被成倍放大。

不过还好——

叮——

电梯终于到了。

电梯门才刚刚打开，方铛铛就跟脱缰的野马一样，一阵风似的从周至町身边跑了出去。

周至町忍不住又看了一眼镜子中的自己。

依然这么好看，也没有长一副犯罪分子的样子。

所以，她究竟在怕什么？

方铛铛飞快地跑到自家门前，手指在指纹锁上飞快一按，人就闪身进去了。周至町仿佛还听到，她将松了的那口气关在门外。

周至町觉得，他必然不是猥琐的，那个女孩子之所以这么紧张，肯定是因为他这段时间的气质、长相又不同了，一句话都不需要说，就让她拜倒在了自己的绝世风姿之下。

周至町硕士毕业，没能去到心仪的研究所，干脆出来创业。他自己搞了个"约饭"APP①，立志解救跟他一样没人陪吃饭的"空巢青年"。虽然跟他本人的专业丝毫不沾边，但也不妨碍他将APP做得红红火火，年纪轻轻便身价不菲。

因为是创业公司，大家年纪都不大，下属们对周至町这个老板也没有多少敬畏，就连周至町自己，平常不要紧的事情也都是打个哈哈就过了。

这天早上，他一来公司，就借了行政主任的镜子，仔仔细细地端

---

① APP：Application，手机应用程序。后文同此注。

详了半晌,直到将脸上那颗因为这段时间加班冒出来的痘痘看"消下去"不少,才心满意足地放下了镜子。

他的搭档于飞调侃道:"周总,你总算发现自己的美貌不足以带动我们APP的下载量了是吧?能把送来的文件签了吗?人家等你一早上了。晚上还有个饭局呢,你快点儿。"

于飞跟周至町是发小,因为孽缘,他们在茫茫人海中相遇;也是孽缘,让他们好像被强力胶粘住了一样,连搬家升学都没能分开。

所以,这究竟是怎样一种孽缘?

这个问题周至町至今无解,不过他现在也顾不上。

周至町看了一眼昨天在电梯里被他电话凌辱了一番的于飞,说:"飞机,你知道这么多年,我一直羡慕你什么吗?"

于飞不想知道,并且回给周至町一个白眼。

周至町不以为意,自己补全:"是宠辱不惊的平稳心态。比如我吧,我就不能做到像你这样。在与人交往的这条道路上,我还有很长的路要走。当然,我俩也不能相提并论,毕竟颜值不在同一水平线上,长得没那么好看的那个,注定要经历更多的磨难。"

于飞无奈地说:"这就是你今天早上对着你那张脸悟出来的?"

周至町站起身来,傲然道:"当然。"

而且是看得越久,悟得越深。

周至町依然俊美,是那个邻居小丫头欣赏水平不行。那丫头一看就没有见过什么世面,乍然间被他这种清新脱俗的帅哥闪瞎了眼,自惭形秽也是可以理解的。

于飞觉得周至町的自恋已经无药可救了,而且看上去并不需要"临终关怀"。于飞不想在他身上浪费时间,十分无语地转身就走,顺便还将镜子拿出去还给行政主任,免得周至町悟得更深,提前吹灯拔蜡。

现在创业公司多如春笋,像周至町他们公司这样的,只是春笋里面长得稍微快点儿的。要想从春笋变成竹子,他们需要做的事情还有很多。

于飞跟周至町两个都是被人从酒桌上架下来的。这样的情况也不是没有发生过,但坏就坏在这次跟着他们出去的是个新人。新人没有练就"透过现象看本质"的火眼金睛,不知道周至町"毒舌"霸道的外表底下藏着的是什么,只以为他是个表里如一的事儿精。

事儿精一到公司就弄得大家鸡飞狗跳,要求高不说,还又精又细。新人才来两天,已经对他们的事儿精老板深深畏惧。

新人也喝了不少的酒,等将周至町送到三十四层的时候,却忘记了周至町究竟是住哪边。

新人扶着周至町这个大高个儿,茫然地在两扇一模一样的门中间站了一会儿,死活想不起来临走前于飞跟他说的是哪边。

不过还好,他们这些"资产阶级"住的是一梯两户,安装的是新型指纹锁,想要送他们事儿精老板回家,他只需要挨个试就行。

新人扶着周至町,走到其中一户门前,拿着周至町的手指往指纹锁上一按——吧嗒一声,门开了。

新人咧嘴一笑,觉得终于可以松口气了,就见门开了一条小小的缝,里面露出一张年轻女孩子的脸。

新人酒精上头,看不到方铛铛眼中的惊恐,一把将门推开,将醉成一摊烂泥的周至町往她面前一推:"周总的女朋友吧?他喝醉了,我给你……给你安全送到。走了!"

"不——"方铛铛只来得及喊出这么一个字就感觉手上一沉,她下意识一把接住了周至町。这人看着瘦,分量却不轻。新人迷迷糊糊地笑了两声:"不用啦,照……照顾好周总,我……我走了。"

方铛铛只能任由周至町靠在她身上,全身上下好像被人施了定身咒,迎着夜风瞬间硬成了一块铁板。

她浑身上下的汗毛全都竖了起来,一声尖叫就要冲破喉咙,然而长久以来的"社恐"硬生生地掐断了她这声尖叫。

等到方铛铛反应过来,想第一时间跟那人说他送错了,对方早已经消失在了电梯口。

她只是在房间内听到外面有个男人喃喃自语,透过门镜还看见他带着周至町,以为英俊青年终于因为嘴欠要被人灭口,正在观望要不要报警,谁知对方竟主动找上门来了。

她本来只是想看看门外的情况,那人倒好,把她的开门当成是周至町指纹解锁,直接把人扔她这儿了。

方铛铛看了看身上这个酒气熏天的男人,思考了一秒钟,果断地让周至町靠在了门口。

他就是再瘦,也是一米八几的人,以方铛铛那种长期"死宅"的体力,根本不可能将他拖到房间里。

更何况,她绝对不能跟一个陌生人共处一室。

哪怕是个醉鬼,也不行!

周至町可能有点儿难受,长腿在地上不安地动了一下,又换了个相对舒服的姿势靠在门口,他这样一靠,方铛铛也没法关门了。

人家把周至町扔给她,她虽然不能把周至町带进家里,但也不好就这么扔着不管。她咬着指甲想了下,转身回屋给周至町拿了床厚被子,轻手轻脚地盖在他身上。

方铛铛做完这些,觉得就这么离开也不太好。周至町现在喝醉了,等下万一呛着,或者有人上来,他很可能有危险。她感觉自己对周至町还有照顾的责任,于是搬了一个小凳子,坐到了他旁边。

有她守着,应该就没有问题了吧?

就算有被子,可那个姿势,加上喝了酒,周至町也不太舒服。他迷迷糊糊地要换个姿势,才微微睁开眼睛,冷不防地被他面前方铛铛这张脸吓了一跳:"啊!"

他一出声,旁边撑着头正在打瞌睡的方铛铛也被吓了一跳,她瞬间睁大了眼睛看着周至町,眼里还有几分不知事的懵懂。

周至町环视了四周,发现完全是个陌生的地方,顿时明白过来:"这是你家?"

他看了看自己这状态,一边撑着腰起来,一边说道:"不是,咱俩好歹邻居一场,你也不用……"他比画了一下:"你也不用这样吧?"

让他靠在家门口,然后自己搬了个小板凳来守着他。既不用担心他感冒和出意外,还能保障她的安全。

她还真是……思虑周全。

周至町揉了揉自己因为姿势不对睡僵了的颈椎,等了半天没有等到方铛铛的回音,转头一看,发现她正在默默地收拾东西,丝毫没有搭理他的意思。

方铛铛好歹收留了他大半个晚上,他张口就这么抱怨有点儿不合适。周至町以为方铛铛生气了,难得因为嘴欠心里生出一丝愧疚,说道:"那啥,要不然我改天请你吃饭吧。"

一听"吃饭"两个字,方铛铛立刻把自己缩了起来,连东西都不整理了。

别搞笑了，同坐个电梯她都觉得要"癌变"，要是跟周至町吃饭，那还不得提前三天就毙命。

周至町浑然不知他在方铠铠心里"杀伤力"这么大，说完过了一会儿，没等到方铠铠的回应，他后知后觉地联想起她有些异于常人的举动，问道："你是……"

原来是个聋哑人，难怪。

他连忙强行打住话头，对方铠铠露出个抱歉的表情："对不起，我不知道。"

周至町说完才意识到方铠铠也许听不到，就摸出手机，在备忘录中打了几个字："今天谢谢你了，改天请你吃饭，好吗？"

他将手机举到方铠铠面前，她看了一下，眼睛立刻亮起来了。

周至町一看她那表情，脸上就忍不住露出点儿得意的神情。

就说嘛，方铠铠这种内向少女，怎么可能无视他这样的俊美青年？肯定是之前被他的光环闪到，连看一眼都不好意思。

方铠铠一看到那几个字，两眼就忍不住发光。

她怎么没有想到呢？

不想说话，完全可以用手机交流啊！

方铠铠接过周至町的手机，在备忘录下面打了个四个字："谢谢。不用。"

周至町目瞪口呆。

她一定是不好意思跟自己吃饭。

一定是这样的!

他打量了一下方铠铠家中的陈设,称不上多豪华,但收拾得很整洁,可以看出主人的小心思。看来,即便是不能说话,这女孩子也没有对生活放弃希望。

他们的房子在繁华地段,虽然算不上什么豪宅,但也不是随随便便哪家人都能买得起的。方铠铠能住在这地方,不管是租还是买,都说明她经济条件不错。再看方铠铠本人,看起来也不是性格外向的,这么畏首畏尾,家人对她的关怀应该不是很够。

周至町生活在一个父母关系和谐的家庭,养成了他自恋又有同理心的性格,即便是当"社畜"这么多年,也没有多大改变。

方铠铠虽然办事差根筋,但好歹收留了他一晚上,还守了他这么久,他少见地大发慈悲,用手机打字给她:"我就住在你隔壁,大家邻里之间,有什么需要帮忙的,不要客气。"

方铠铠心里出现一行"弹幕":"不需要,不客气。"

她没回应,周至町以为她不好意思,没往心里去,跟她告了别。

等到周至町走了,方铠铠关上门,长长地舒出一口气:终于走了!

跟人打交道,好累啊!

她必须要下单给自己买两个限量版手办压压惊。

周至町回了自己家,酒醒得差不多了,冲了个澡,裹着一身睡衣出来,也不管还在滴水的头发,直接往沙发上一躺,想了想,拿了个抱枕捂在了肚子上。

他搬到这套房子也有一段时间了,隔壁一直空着,什么时候多了个邻居都不知道。那姑娘年纪轻轻,却不怎么容易融入集体。周至町觉得,以后他做事,或许可以带着那姑娘一起。

反正大家都是邻居。

隔壁。

阿嚏——

方铛铛无缘无故地打了个喷嚏,连忙按下暂停键。看吧,就这么一个喷嚏,她又要重新录了。

她完全不知道自己已经被隔壁邻居给"安排"上了,还以为是坐在门口被冷风吹感冒了,一边面无表情地揉了揉鼻子,一边重新戴上了耳机。

她调整了一下录音设备,拿出一本书,放在话筒前面,开始翻起来。

书页翻动的声音比一般的要大些,那书页在方铛铛手中,有了一种奇异的韵律感,让人莫名地想放松。

跟随着她的动作一起，电脑屏幕上面出现了一串串的弹幕，不少人在问她：

"'阿婆主'，明天直播什么啊？"

"没有想到是翻书，阿婆主什么时候直播掏耳朵？"

"好久没有听到阿婆主的声音了，什么时候耳语吧。"

……

方铛铛现在做的，叫 ASMR[①]，中文译名是"自发性知觉经络反应"，通过对视觉、听觉、触觉、嗅觉或者感知上的刺激而使人在颅内、头皮、背部或身体其他部位产生一种独特的、令人愉悦的刺激感，从而缓解失眠、焦虑，或者稳定不安的情绪。

在国外，这样的阿婆主还有很多，但在国内这还属于新兴事物。方铛铛算是比较早做这个的，积累了一批粉丝。大学毕业之后，直接靠着这个养房子养自己养手办，一时半会儿倒也饿不死。也正是因为如此，在人人都忙着找工作的时候，方铛铛可以轻轻松松、悠悠闲闲地当她的死宅，成天跟其他时区的高等游民抢手办。

方铛铛在"三次元"说话困难，在"二次元"说话就好多了。她披着"失语游民"的马甲，挑了几个人回了，看了下时间，发现不早了，正打算起身离开，只听叮叮叮几声。再看时，账户就多了几笔钱。其中最大的那一笔，是个相当熟悉的账号，从一年多以前，就雄踞方铛铛打赏榜榜首。

[①] ASMR：Autonomous Sensory Meridian Response，自发性知觉经络反应。后文同此注。

方铛铛跟没有看到一样，若无其事地合上电脑，回屋子睡觉去了。

与她一墙之隔的另一边，周至町把银行发来的余额提示短信删掉，将耳机插进耳朵里，把那个视频设置成了反复播放，然后心满意足地闭上了眼睛。

周至町失眠很多年了，经过了高三都没能让他的状态改善点儿，吃了不少药都没有作用，无奈之下，他只能求助其他"歪门邪道"。ASMR是他偶然间发现的，刚开始只是想要试一试，没想到真有用。

周至町也不是没有关注过其他阿婆主，可是国内ASMR本来就良莠不齐，很多人都是打着ASMR的旗号挂羊头卖狗肉，有的播着播着就开始拉衣服，发出一些难以言喻的呻吟声。周至町只是想睡觉，不想反而被人扰了清梦，何况那些行为实在太下流了，丝毫没有美感，他根本就不想听。

后来好不容易找到这个圈内小有名气的"失语游民"，周至町关注了她一年多都没出什么幺蛾子，她真的好像她的马甲一样，失语了，他这才慢慢放心下来，逐渐成了这个阿婆主的铁杆粉丝。

耳畔传来有节奏的翻书声，周至町渐渐在这一片细小的声音中放松了自己，缓缓睡了过去。

因为刚刚被亲娘耳提面命过了，方铛铛不敢继续用APP下单买

菜,加上她还需要其他东西,只能趁着工作日的早高峰赶紧去超市买了回来。

方铛铛仔细研究过了,这个时候,是超市人最少的时候。

既不是周末,又是早上,大家都忙着上班,去超市的人少之又少,她可以用最快的速度去把东西买了,回来的时候还能遇上一群人一起乘电梯。虽然也让她窒息,但比起两个人坐电梯,那可要好太多了。

方铛铛这么一想,越发觉得此事可行,谁知她刚打开门,就看到一身运动服、戴了条发带正要出门的周至町。

她下意识地要关门,可是已经来不及了。周至町睡好了,没有了那天在电梯里的戾气和毒舌,心情也非常好,他甚至还异常开心地跟方铛铛打了个招呼:"早。"

情势逼人,方铛铛脑子转得前所未有地快,她转身正要伪装成找东西的样子,周至町已经走到电梯口,按下了电梯,冲她招了招手。

等到她站在电梯里了,她都没能明白,自己为什么要顺从。

可是人怂也不是一天两天就能好得了的,她已经怂成习惯了,自然对人家的邀请不好直接拒绝,尤其还是周至町这种气场强大、性格强势的人。

就在方铛铛觉得空气里的尴尬分子再次蔓延,化成暴雨梨花针一样往她身上戳的时候,面前突然出现了一部手机,备忘录中是周至町打出来的一句话:"好歹是邻居,我叫周至町,你叫什么?"

方铛铛愣了一下,接过来,打了自己的名字。

"方——铛铛?"她听到周至町用他之前在电梯里骂人的那副嗓子读出她的名字,清朗的声音评价道,"铛铛,铛铛,名字取得响亮,谁知道是个锯嘴葫芦。"

然后她看到周至町给她打了句话:"名字很特别。"

她听到了喂!

周至町没有察觉到她脸都阴沉了一半,见她低着头,以为她害羞了,心想真是个没见过世面的小丫头,心里又满足了一下,电梯一到,就兴高采烈地出门了。

方铛铛很郁闷。

这就是她不想跟人交流的原因。

太虚伪了!

方铛铛去的时候超市刚刚开门,她连忙冲进去,用最快的速度扫荡了一遍,然后飞速结账,提着两个大袋子,朝着小区走去。

也不知道她今天是犯了什么太岁,刚刚走到楼门口,身后就有人跑步跟上来。周至町冲她露出一口大白牙:"真巧啊。"

巧……真是好巧……

他说完才想到方铛铛听不见,连忙打着不知道哪国的手势告诉她,他可以帮方铛铛提上去。说着,就伸手去接她手上的袋子。

不用，真的不用啊！

可惜周至町听不见方铛铛内心的呐喊，就这样，方铛铛手上一轻，袋子就被周至町接了过去。

方铛铛面无表情地站在电梯里，低头抠着电梯按键上面没有扯干净的塑料，在内心呐喊："当人真是太烦了！"

她只想当个聋哑人，能不能无视她？能不能不管她？

很明显是不能的。

到家了之后，周至町将袋子还给方铛铛，用手机十分诚恳地对她"说"道："你其实不用那么早出去的，晚点儿起来也没什么。"

他不好直接说没人会对方铛铛是聋哑人这件事情另眼相看，而且看方铛铛这么在意她是聋哑人，他如果说得太明白，反而伤人。更何况，他不是方铛铛本人，不知道她曾经经历了什么，只能隐晦地提醒。

周至町对他的好朋友于飞尖酸刻薄，但对方铛铛却用了十二分的耐心，要是于飞在这里，肯定又要大呼不公平了。周至町其实没有想那么多，只是觉得，一个能收留陌生男人（不管是怎么收留的吧）的女孩子，心地肯定不会坏到哪里去。

方铛铛浑然感觉不到周至町的心思，听他这么说，胡乱地点了点头，心里祈求他赶紧闭嘴吧！

她推开门就要进去，谁知一只手直接握在了门把上，她简直要当场崩溃，心想现在的男人，话怎么这么多？

周至町全然不知道他在方铛铛眼中已经被归结到了"话多"那一栏，又拿着手机给她看："要不要一起晨跑？"

方铛铛就是想当个死宅，为什么这么难？

方铛铛生无可恋，她万万想不到，自己一时大发慈悲，居然引来了个聒噪的"麻雀"。尤其是此麻雀还非常自来熟，做什么都要拉着她一起。

而且这只麻雀作风强硬，性格霸道，而方铛铛从头到尾就是个尿人，她在这只麻雀面前，毫无话语权。

第二天一大早，尽管心中有无限不满，方铛铛还是顶着两个巨大的黑眼圈，换上了她从高考完就没有穿过的旧运动服，跟着周至町一起到了小区楼下。

天下所有死宅都疏于锻炼，方铛铛追个公交车都喘气，更别说跑步。运动这种事，跟她天生八字不合，并且——

直到下了楼，她都没有搞清楚，为什么自己没有装死，而是按照周至町所说的那样，一早就在门口等他了呢？

方铛铛想了一下，感觉原因只有一个。

就是她尿。

她不敢。

她不敢对陌生人说不,对别人的要求有求必应,哪怕她跟周至町完全不熟,她也依然不敢。

她胆小,她懦弱,她不敢面对这个纷繁复杂的世界,即便是有反抗,那声音也小得可以忽略不计。

她从来都是这样,胆小懦弱成了习惯,连最好的朋友受人非议,她就算愤怒,也发不出声音来。

更加没有人听她的声音。

时间一久,连她自己都忘了发声。

周至町在不远处看着方铛铛低头的背影,感觉这样下去也不太好。她不合群已久,突然要她融入人群也挺困难的,更别说还有其他人的有色眼镜。这让原本就害怕融入人群的方铛铛,更加没有勇气跟人交流。

周至町脑中灵光一闪,连忙小跑上前,拿出手机,问道:"你是哪个大学毕业的?"

他们公司虽然不大,但大家都是年轻人,思维比较活泛,文化程度比较高,应该不会对方铛铛这种情况另眼相看。如果她学历合适,周至町倒是可以把她纳到自己公司去。

方铛铛看了他一眼，虽然不知道周至町为什么这么问，但还是老老实实地告诉了他自己的学校。

周至町拿过来一看，惊讶了："还是个二本大学，原来不是聋哑学校啊！"

他心中惊讶，加上以为方铛铛听不见，有些口无遮拦。方铛铛听后，默默地低下头翻了个白眼，就看手机又到了她面前："我们学校就在你们学校对面，你也算我半个师妹了。"

方铛铛微愣。

她学校对面……

方铛铛是师范院校毕业，男生屈指可数，于是人送雅号"白云庵"。至于对面，是一所"985"名校，纯理工科大学，女生屈指可数，为了跟"白云庵"对应，他们学校号称"白马寺"。

一个尼姑庵，一个和尚庙，相映成趣，相互祸害。

人都有慕强心理，方铛铛学校的女生对周至町学校的男生有一种天然的仰慕感。周至町从小到大都是在艳羡的眼光中长大的，受到的仰慕更甚。方铛铛没反应，周至町以为她又在自惭形秽了，自恋过后，终于回到正题上。

"我们公司正好需要行政人员，你要是有空的话，不妨来试试。"

第二章
误会惹的祸

周至町如意算盘打得很好。

行政人员，换谁都行，他就当还方铛铛一个人情了，而且行政人员没有太多业务，也适合方铛铛现在这种状态。把这个当成她工作生涯的第一步，以后慢慢来，习惯了她就不会像现在这样在意人家的眼光了。

方铛铛想的却是另外一件事。

行政人员，那不是正好跟她妈要求的差不多吗？不管她能在周至町公司里待多久，先进去了再说，到时候即便是被赶出来了，她也能拿这工作跟她妈交差。

反正方妈只是让她出去找工作，又没有说让她在里面待多久。

一想到可以解决自己的大难题，方铛铛连带着看周至町这只麻雀也可爱了起来，可以暂时不计较他聒噪的事了。

本性的内向，让她不好直接答应。方铛铛抬起一双眼睛，充满希冀地看向周至町。

这对于她来说，已经算是感情外露了。周至町也知道肯定不能指望方铛铛直接答应，他在手机上打字："如果没有异议的话，明天就来上班吧。"

话已经说到这份儿上了，方铛铛要是还不答应，那她就真的不识好歹了。她不太好意思地点了点头，得到周至町一个抑制不住的得意笑容。

周至町在方铛铛面前挺像个人的，那是因为他觉得他不好跟方铛铛这样的人一般见识，况且跟她显摆也没什么意思。但这并不代表他会把在方铛铛面前的人样带到公司。

一进办公室，周至町就伸手在于飞头顶上拍了一下，在于飞反应过来之前连忙跳开，对进来给他送文件的行政主任说道："我找了个行政人员，明天来上班，你给安排一下。"

行政主任对两个老板的活泼早已经见怪不怪了，别说他们都一把年纪了还在打闹，就是相互撕咬，行政主任也觉得没什么。

行政主任姓苗，年纪比周至町他们还要大点儿，三十多岁了，听到周至町这么吩咐，连眼皮都没有抬一下，直接答应道："好。"

"那个……"周至町叫住正要出去的苗姐，斟酌着语句说，"她……

有点儿特殊。"周至町在耳朵那里比画了一下:"这里听不见,也说不出话,你记得跟其他人说一下,大家别惊讶就行,该干吗干吗。"

苗姐讶异了一下,没等她问出口,于飞就一巴掌拍在周至町的肩膀上:"我们什么时候接了残联的通知,要安排人了?"

"什么残联?"周至町一抖肩膀甩开他的手,"是我的邻居,上次帮了我一个忙,我还她人情。对了,"说到这件事,周至町终于想起上次将他送回家的那个新人来:"把冯晓叫进来。"

把老板送到一半扔给邻居这种事情,他也做得出来!

周至町虽然有点儿烦人,但说到底还是帮方铛铛解决了一个麻烦。她虽然有时候有点儿不通俗务,但起码的为人处世还是知道的。

方铛铛觉得应该感谢一下周至町,可是现代人的感谢,不外乎就是请客吃饭。

请周至町吃饭……方铛铛光想了一下都觉得要窒息了。

她思来想去,觉得自己可以做点儿吃的给他。

方铛铛别的能力没有,厨艺还是不错的。

下午她正好没事,就配了很多种馅包五彩饺子,放在饺子盒里,等着周至町回来。

她生怕错过了,也知道自己没有那个胆子去敲门,于是整个傍晚都是竖着耳朵的。一听到电梯门开了,她就连忙打开房门,果然在电梯门口看到了回来的周至町。

见到方铛铛，周至町有点儿意外。因为方铛铛平时不在上下班高峰期出门，今天居然还出来了。不过他没有多想，冲方铛铛点了点头，算是打了招呼。

眼看着周至町要进屋去了，方铛铛也不知道是哪里来的勇气，迅速将饺子盒捧了出来。她举得高高的，生怕周至町看不到。

周至町看了一下，指了指自己的鼻子："给我的？"

这句话没用手机打。

方铛铛听到了，点了点头。

周至町没有去想她怎么听到了，以为自己的意思表达清楚了，一边摇了摇头，一边无奈地说："唉，没办法，魅力太大。"

方铛铛目瞪口呆。

她有的时候觉得吧，装哑巴也不是那么好。

要是不装，周至町就不会成天在她面前自恋了。

周至町犯完病，抬起头又冲方铛铛露出一个十分温柔的笑容："那真是谢谢你了啊。"他将盒子接过来，一边开门一边给方铛铛拿拖鞋："进来坐吧。"

方铛铛正要摇头，可是周至町已经转过身去了，看不见，她又出来得急，没有带手机，想告诉周至町她的意思都不行。这么一耽搁，周至町已经换好鞋子，站在门口等她了。

她话到嘴边又咽了回去，低头换了拖鞋。

周至町将饺子放进冰箱，方铛铛就趁着这当口，打量起他的屋子。

周至町的家里称不上整洁，但也算不上乱，看得出来他经常加班，策划书和电脑被随意地扔在沙发上，沙发底下还有几本杂志。家里挺干净的，应该是托了钟点工的福，除此之外，一应摆设，跟样板房差不多。

客厅的墙壁上挂着几幅不知所谓的画，方铛铛的目光在上面随意流连着，可是在看到其中一幅素描时，她的目光猛地顿住了。

那是一幅很普通的素描，如果真要算优点，也只能是线条还算流畅。如果熟悉周至町他们学校的话，就会知道，这是他们篮球场去往图书馆路上的一个角落，景色还算清幽，但并没有什么特别的地方。

方铛铛对那幅画上的景色没有过多关注，只是死死地盯着右下角的落款，几乎要把那个落款看出一个洞来。

那个落款，是用铅笔留的，过去了几年，即便是被人用相框仔细裱起来，笔迹也被时光磨损了不少，可是方铛铛还是一眼就认出来了。

那个落款，她太熟悉了。

大学时代朝夕相处的两年时间里，这个落款曾经无数次地出现在描绘了方铛铛眉目的素描画上，这么多年，一笔一画，好像一把小小的刻刀一样，渐渐镌刻进她的心里。

感觉到眼前的东西有点儿看不清楚了，她连忙擦了擦眼睛。周至町洗了盒子出来，看到方铛铛正在看那几幅画，他的脸上有些不自然。

他这一点儿不自然，没有被方铛铛的眼睛放过。她不会跟人打交道，但也正因为如此，她对人的情绪波动格外敏感。

她伸出手，周至町会意，连忙将手机拿给她，这是她这么久以来第一次主动跟自己说话："这幅画是谁送给你的？"

周至町脸色有点儿不好看，但还是笑了一下，回答道："一个朋友。"

方铛铛本来想问他朋友是男的还是女的，但想了想，反正她都确认了画作的主人，再问周至町也没有意义。她的脑子难得灵光了一次，没有直接问出口，而是换了个问法："你是哪一届的？你们学校那么多地方，为什么选这里？"

"我应该比你高四届，怎么了？"周至町没有犹豫，"我以前经常在前面的篮球场上打球，一抬头就能看到这儿。"

方铛铛猛地咬住下唇！

几年之前，那个笑起来眉眼弯弯的女孩子一边将书竖起来，一边悄悄地在草稿纸上给旁边的方铛铛写道："他们系研二跟研一打友谊赛，今天他好帅啊，又进了两个三分球哦。"

那个时候的方铛铛面无表情地看着旁边的女孩子，在草稿纸上面简单干脆地点评了两个字："花痴。"

"花痴就花痴。"那个女孩子干脆不写了，在方铛铛耳边低声说，"你看到纸片人不照样面色潮红、双眼含春吗？"

那怎么能一样？纸片人是二次元的，跟三次元的恶臭男不一样！

方铛铛正要反驳，就听见讲台上的老师好似从地狱里传出来的声音："方铛铛、贺弯弯，你们在说什么，说给大家听一下。"

……

方铛铛眨了眨眼睛，将眼角的泪水给忍了回去，她一把将饺子盒抢回来，站起来就要走。

走了两步，像是想到了什么，又转过身来，在手机上写道："我明天不去了。"想了想，又尽了："谢谢。"

说完转身就走，剩下周至町一个人，一脸茫然地站在原地。

方铛铛一回到家，眼泪就忍不住掉了下来。怪她尽，尽得即使害她好朋友退学的凶手就在她面前，除了把自己气得哭起来，她也什么都做不了。

过去这么多年了，这个人的手段还是一如既往，现在更不挑了，连她都想调戏，简直太不是人了！

方铛铛越想越生气，身体直接发起抖来，她上气不接下气地哭到一半，眼角的余光不经意地瞥见那个饺子盒，想到自己花了一下午时间包的饺子给了那么个人，顿时心痛得无以复加，好不容易快停下来的泪水顿时像决堤了一样，再次倾泻而下。

她非常不甘心，又心疼自己的饺子，干脆站起来，跑到厨房用胡萝卜雕了个人形，末了，在上面写上"周至町"三个大字，然后拿了两根牙签，狠狠地往"他"脸上一戳。

方铛铛冲胡萝卜咬牙切齿，说："叫你招蜂引蝶！"

周至町不知道哪里出了问题，方铛铛突然就不去他公司了。他想了想，觉得可能是她还没有准备好接触社会，突然反悔也是可以理解的。

这样一想，好像也说得通了。周至町觉得，反正已经把这个人情还给方铛铛了，是她自己不要的，以后见到她，也不会有心理负担了。

他虽然很想把自己弄得"伟光正"一点儿，但依然不能免俗地在心里对方铛铛这样的"聋哑人"生出点儿怜悯，尽可能地想给她带来点儿方便。

第二天早上，周至町到公司的时候，于飞左看右看，都没有看到周至町口中的新人，不由得有点儿好奇："你说的人呢？带来给我看看呗。我昨晚还学了手语呢，我看看我的手语标准不标准。"

"让开。"周至町一巴掌打走他，不让他在自己面前出现。

于飞看他那个样子："怎么，她不来？你碰钉子了？"

周至町哑口无言。

他觉得，就冲于飞这哪壶不开提哪壶的样子，自己一定是因为他们两个从小就认识才不跟他计较的。

要不然于飞早该被他打死了。

"不是我碰钉子。"周至町说得郑重其事，"我觉得她可能是无法抵挡我的魅力，害怕深陷一个名叫'周至町'的旋涡中无法自拔，所以干脆不答应。保全颜面嘛，我理解……"

"哈哈哈，哈哈哈……"他还没有说完，就被于飞一阵毫不掩饰的笑声打断了。

周至町面无表情地看着他，想揍人。

但很遗憾，一向很能跟他心灵相通的于飞，这个时候并不能接收到周至町想揍他的意念，依然毫无顾忌地抱着肚子笑起来："哈哈哈，周至町，你知道你这辈子最成功的是什么吗？"

周至町斜眼看了他一下。

于飞当然不会放过这个嘲笑周至町的大好机会，不需要周至町补全，他就自顾自地说："是脸皮，脸皮！你这自恋的本事，无人可比。就是不知道它会不会助我们 APP 的下载量再上一个新台阶。"

于飞并不打算就这么放过周至町，他揽住周至町的肩膀："周至町，我一直想问你，你明明可以靠脸吃饭，为什么要一而再，再而三地靠脸皮呢？"

周至町吼道:"滚!"

周至町自恋归自恋,但绝大部分时候,还是一个靠谱的青年,就是看上去高冷了一点儿,基本礼貌还是有的。

他这天回到楼下,电梯口等着一个四五十岁的中年女人,他觉得有点儿面熟,只当她是楼里的住户,没往心里去,照常按了电梯。看到他按了楼层,那个女人一直没动,他瞬间就明白过来了,她是方铛铛的家人。

虽然方铛铛拒绝了他,但考虑到方铛铛的特殊之处,他决定大发慈悲不跟她计较。两人出了电梯,在被方妈叫住的时候,他毫无芥蒂地停下了脚步。

"你是……你是这家的住户吗?"方妈指着周至町家的门问道。

见周至町点了点头,她不太好意思地笑了一下,说道:"是这样的,我是你隔壁这姑娘的妈妈,我女儿……她有点儿不懂事,这个邻里之间,如果有的时候她有什么不妥当的地方,还请你包容一下。她不是故意的。"

方铛铛那个猫嫌狗嫌的玩意,从小到大就不招人喜欢。别人跟她说个话都跟要了她的命一样,不知道的人恐怕还真以为她对他们有意见,其实他们不知道,她只是对说话有意见。

她一个女孩子住在这儿,要是有的时候需要别人搭把手,她一个人怎么办？临时抱佛脚抱不来的，方妈也就只好觍着脸帮方铛铛求人了。

希望方铛铛还没有太离谱。

果然。

周至町心里轻轻叹了口气，冒出来的只有一句话："可怜天下父母心。"

方铛铛听不见声音也说不了话，他之前还认为方铛铛一个人住是因为她父母对她不上心，现在看来，不是这样的。

现在这个社会，大家默认"邻居等于陌生人"，这么拜托一个陌生人，如果不是对她很挂心，也不会这样吧？

思及此，周至町也没有多说什么，只是对方妈点了点头："应该的。方铛铛年纪还小，没什么的，慢慢来。"

方妈一听他叫方铛铛的名字，眼睛立刻亮了起来："你知道她名字？"

周至町瞬间警觉！

这眼神他太熟悉了，自从他上大学以来，不知道在多少中年妇女的眼睛里看到过。这种看女婿，或者把他放进女婿备选人里的眼神，周至町见得太多了。他连忙解释道："方铛铛帮过我的忙，我们也是偶然才认识的。"

方妈根本就没有听进去他的话。她现在满心欢喜，认为方铛铛总算是肯跟人接触了——对方说方铛铛帮了他的忙，又主动给人说名字，可不是意味着她愿意跟人接触了？这可是好事一件！

方妈仿佛看到了未来方铛铛八面玲珑、左右逢源，终于不再是三棒子打不出一个屁的样子，脸上露出了一种类似于喜极而泣的表情，连连点头："好，好，互相帮助，很好！"

周至町下意识地倒吸了口凉气。

他实在是太受欢迎了，无时无刻不在散发魅力。

周至町唯恐方妈接下来要拐到某些奇怪的话题上，连忙跟保护贞洁一样，对方妈说道："那我先进去了，伯母再见。"

他打开门正要进去，不知道想到了什么，又转过头说："伯母，方铛铛情况有点儿特殊，她……突然间让她接触社会不太现实，可以慢慢来。我之前跟她说了一下，可以去我们公司做行政，她本来是答应了的，但后来又不同意了。不知道具体什么原因，但不管什么原因，我还是希望你能说服她。"

方妈把他当女婿看，那是她的事情，他周至町就没有不招中年女性喜欢的时候。周至町只需要跟方铛铛保持距离就行。而且，他这方面的经验，实在是太丰富了。

不过很可惜，周至町可能没有太多被人讨厌的经历，所以他无法感受到方铛铛对他的厌恶。

这不得不说是一种幸运。

方妈微愣:"你们公司?行政人员?"

"嗯。"周至町诚恳地点了点头,并不给方妈多问的机会,连忙打开门,闪了进去。

方妈站在楼道里思考了一下,随即咬牙吼道:"方铛铛这个小兔崽子!她居然都不打算去,看样子是真计划睡大街!"

方妈压不住满腔怒火,一把将门推开,小兔崽子正在沙发上摆弄手办,一见到她来了,吓得一个激灵,连忙从沙发上站起来,急急忙忙地要去遮掩"违禁品"。

可是,还没等她把东西藏起来,一只手已经拧住她的耳朵,把她拖了过来。

"方铛铛我问你,"方妈的声音就在耳边,方铛铛听着跟打雷一样,"你邻居是不是让你去他们公司上班?你为什么不去?"

周至町这只聒噪的麻雀!

她妈一个月来一趟,周至町居然都能跟她碰上,还能把这件事情到处说,他嘴巴还能再大一点儿吗?

方妈没有听到方铛铛的回答,放开了手,拉住她:"我问你呢!"

方铛铛可以无视周至町却不能无视她亲娘,她吭哧了半晌,才吭哧出来一句:"他,他不好。"

"不好?"方妈想了一下刚才周至町的样子,眼神清明,神情自然，就是不知道为什么后来表情变得那么奇怪。不过饶是如此，方妈也没觉得他不好，认真地问她："哪里不好？他对你做了什么吗？"

方铛铛默默地摇头。

周至町那个禽兽，还来不及对她做什么就被她发现了。还好她聪明，心细如发，才没能让那个禽兽得逞！

方铛铛默默攥紧拳头，暗暗发誓，她一定不会让周至町像对待贺弯弯一样对待她！

方妈见她摇头，松了口气："那就好。不过……"方妈犹豫地看了她一眼："是不是你对他有什么误会？我看他，不像啊。"

方妈好歹有几十年的阅历，看人很少出错。刚才那个周至町，神情自然，眉目间隐带锋芒，不像是容易让人放松警惕的老实人，但也不像是暗藏坏心的奸猾之辈，反而给她一种璞玉浑金的感觉。

方铛铛一听她这话，立刻着急了："没有！"她说得很用力，生怕她妈妈不信一样。

方妈一见女儿又要急了，连忙安抚："好好好，你说没有就没有。"她说完，像是想起了什么一样，打量着方铛铛："该不是你不想去上班，故意这么说的吧？"

方铛铛对她亲娘怒目而视！

"好、好、好。"方妈眼看着快把方铛铛惹恼了，连忙抬手说道，"行、行、行，是我小人之心了。不过，"她陡然压低了声音，提醒

方铛铛："可别忘了我之前跟你说的话。"

元旦之前,方铛铛要是找不到工作,她不仅会被送去卖场当销售不说,限量版手办也会全都没命!

说完,方妈还威胁地指了指方铛铛藏手办的地方。

老娘明白着呢!

方铛铛咬牙,就算不还她手办,她也绝对不会向周至町低头!

然而,打脸来得如此之快,快到方铛铛猝不及防。

方铛铛昼伏夜出,作息时间向蝙蝠看齐,专挑人少的时候。可她万万没有想到,这世界上还有一种人,虽然不是蝙蝠作息时间,但他们睡得比猫晚,起得比鸡早。

那就是退休老人和他们的孙子。

人类这种灵长类动物,年幼和年老一样极端,都不睡觉。年幼的是精力充足,年老的是精力不济,虽然原因不同,但结果相同——一样不睡觉。

这可就苦了方铛铛,她害怕跟人打交道,专挑人少的早上补充余粮,谁知即便是这样,也没能彻底避开纷扰。

说起来这事还要怪方铛铛,她可能正是因为跟人接触少了,忘了世界上还有种生物叫"熊孩子",独立于人类这种灵长类动物之外。

方铛铛这天早上买了吃的回来,肚子饿了,顺手拿了一盒酸奶边走边喝。她自觉这样把嘴巴占住了,就算有人不开眼要来找她搭话,她也能糊弄过去。但方铛铛万万没有想到,她把精力放在如何不说话上面,却忽视了有些熊孩子根本不管她说不说话,仍有扰人清静的本领。

方铛铛吸着酸奶,提着东西一进小区,就有个小孩子跟在她身边。那小孩子个子不高,长得胖胖的,脚下还跟跟跄跄的,让人觉得直接把他放在地上滚一滚,或许比走路还快些。可即便是这样,也不妨碍他从眯眯眼中流露出对方铛铛手中酸奶的渴望。

方铛铛被他这么看着,哪怕是个小孩子,也会觉得有点儿不好意思。她低头看向那孩子,刚停下来,裤子就被他拽住了。

方铛铛就是再不想跟人接触,也知道现在这些孩子都养得金贵得很,陌生人的东西,家长肯定不允许孩子吃的。

她将裤子从那个孩子的手中扯出来,刚刚扯开又被他拽住了。她再次扯出来又被那孩子紧紧拽住。

她有些无奈地看了孩子一眼,小声说道:"抱歉啊,你家长肯定不愿意你吃陌生人的东西。我,我不能给你。"说着,好像还害怕那孩子不明白一样,将手中的酸奶盒子往后面挪了一下。

她的话,那个小肉球不知道懂不懂,但她的动作,他懂了。

小孩子意识到自己不能蹭吃蹭喝,顿时张开嘴号叫了起来。声音如同魔音穿脑,让方铛铛手足无措,她第一反应就是去捂他的嘴。

小孩子几乎是刚一号叫,不远处就有个老太太喊了起来:"宝宝?宝宝?我家宝宝呢?"

一个瘦骨伶仃的老太太走过来,一看方铛铛让她孙子哭了,立刻叫了起来:"你干什么?你干什么?"

她走过去,一把将方铛铛的手推开。方铛铛猝不及防,差点儿被她推个四脚朝天。

老太太并不罢休,怕方铛铛跑了,一边死死地拽住她的衣服,动作跟那小圆球如出一辙,一边号叫道:"来人啊——快来人啊——人贩子拐孩子了——"

"不,我不是,我不是——"方铛铛久不跟人接触,骤然间被人冤枉,当即要解释。可是她越解释越着急,越着急越说不出话来,短短几个字,就让她的脸涨得通红。

过街老鼠现在在人民群众中的待遇都比人贩子强,老太太话音未落,小区各处的人都闻风过来。光是打,已经不能消解大家对于人贩子的厌恶了,非要踩上两脚,吐两口唾沫才行,好像只有这样才是对的。

片刻间,方铛铛和婆孙俩就被小区里的其他人围住了。

有个彪形大汉吼道:"人贩子呢?在哪儿?"

"这么猖狂?青天白日,这还是小区呢。"人群中一个女人尖厉的声音好像一把刀,硬生生地划开了方铛铛的喉咙。原本还能说出点儿话的她，面对群情激愤的场面顿时什么都说不出来了，只是低着头，讷讷地让声音在喉咙间盘旋："不……不是我……不是……"

声音小得几乎听不到。

那个女人的话，倒是提醒了围观的群众。

家长对人贩子深恶痛绝，有警惕意识，生怕哪天自家孩子就被人带走了。辖区派出所来宣传过无数次，各种熟人作案的案例被他们牢记在心，如今一听小区中有了人贩子，他们根本没来得及辨别就围了过来。还有喜欢往朋友圈转发谣言的群众，裹挟着其他人的意见，泥沙俱下地一起朝方铛铛涌来，将她当场淹没。

"是啊，这还是小区里面呢。保安？保安呢？怎么无缘无故地把人贩子放进来了？"

"岂止是放进来了。继续放任下去，怎么得了？"

那个老太太站在一旁，扬扬得意地添油加醋："就是，今天要不是我眼尖，我们家孩子就要被抱走了。"

"那还等什么？走，带走，送去派出所。"

有男人见方铛铛是个年轻姑娘，不愿意出这个头，犹豫着不敢过去。最开始说话的那个女人可不管，伸手就要来拉方铛铛："躲什么躲？跟我们走，翻天了你还。"

方铛铛下意识地要避开，然而不知道是谁，在她腰上推了一把，立刻把她推到那个女人面前。她一个趔趄，几乎站立不稳，只是下意识地辩驳："我不是……不是人贩子……"

"有什么话去跟警察说，这么多人难不成还冤枉了你？"不知道谁说了这么一句，那个女人越发来劲了，抓住方铛铛的手腕就往外拖。方铛铛死命地蹲在原地，可是架不住后面有人推她。

好多年前的场景再一次出现在她面前，那次也是像现在这样，没人听她说话，没人听她辩解，更加没人管她是不是被冤枉的。

可是这一次，再也没有一个贺弯弯出来仗义执言了。

方铛铛觉得眼前的景物已经模糊了，眼看着她要再次被钉在耻辱柱上，只听一个低沉的声音传来："怎么回事？"

她下意识地一抬头，就见穿着一身运动服的周至町拨开人群大步走了过来。

他身材瘦削，称不上伟岸，但头顶有光，硬是让方铛铛有了一种他屹立不倒的错觉。

他走过去，一把将那个女人的手拉开，扶着方铛铛站起身来，将她挡在自己身后，居高临下地扫了一眼，说道："你们这是在干什么？物业和保安呢？小区业主打架，你们干看着不出声？"

周至町人精转世，虽然人后过得好比死狗，但人前显贵不是假的，其他人可以有眼不识泰山，但物业的工作人员一定认得他。

听到传唤，保安走出来，小声解释道："我们还没有来得及反应呢……"他后面的话，自动在周至町越来越具有压迫感的目光中消了音。

见保安居然畏惧周至町的眼神,抓方铛铛手腕的那个女人又叫道:"你是谁啊?我们打人贩子,关你什么事?"

周至町的到来,给了方铛铛一点儿勇气,她小声说:"不……我不是……"

周至町听到她的声音,猛地转头看向她,眉毛几乎都要飞出发际线了。

方铛铛猛地捂嘴——糟糕,忘了装哑巴了!

周至町来不及问她为什么好好的人不当,非要当个锯嘴的葫芦,不过"攘内必先安外"。他冲着说话那女人冷冷地笑了一声:"不是谁,你们是有正义感的路人,我也是。"他指了一下方铛铛:"你们口口声声说她是人贩子,哪只眼睛看见了?"

那个女人被他气势所压,有点儿气短,指着那个老太太:"她说的,人家当事人都在,还会有假?"

周至町冷冷地瞥了她一眼:"我可以说你们这群人故意栽赃,想要拐卖妇女!"

"拐卖妇女?我会拐卖妇女?还拐卖她这样的?哈!"那个女人发出一声尖厉的轻笑,一副周至町开玩笑的样子。

周至町继续冷笑,不再控制自己,当场叫这群无知的人见识到了什么叫"口齿伶俐""颠倒黑白"。

"她这样的?她是什么样的?你们不拐卖她,这么多人光天化日之下围堵人是想干什么?再说了,像她这样的人你们不拐卖,像他这样的,"周至町转头看了一眼靠在老太太腿边、明显被吓傻了的熊孩子,"给人也嫌多。"

不得不说周至町真是个勇士,他居然连熊孩子和老太太都敢惹,一惹还是双人。

那个老太太听他这么说,当即不干了:"你什么意思?你把话说清楚,你什么意思?"

"您老耳朵不好,我说再多遍您可能也听不清楚,还是算了。"他不想跟个出生于二十世纪五十年代的老人家计较,转过头看向保安,"你如果不想丢工作,不想派出所过来调查,就赶紧去调监控。"

保安一听他这话,立刻如梦初醒,连忙过去调监控了。

一听调监控,那个老太太立刻怕了。

老太太抱住她的孙子,警惕地看着周至町:"你什么意思……难不成我还冤枉了她不成?"

"冤不冤枉看了监控就知道。"周至町双手环胸,抬头看着天空,连眼神都吝啬多给她一个。

他说得如此笃定,围观的群众多少有些动摇。那个尖声的女人还想再挣扎一把:"那要是发现她真的是人贩子呢?"

周至町:"我跟你们一起把她送去派出所。"

"但是,"他居高临下地看向他们,"如果不是,你们打算怎么跟她道歉?"

事发地点就在小区门口不远,说话间保安已经调取监控回来了,正好听见周至町这话,原本就尴尬的脸上更加尴尬了。可是周至町并不会就这么放过他,不等他说话,周至町就抬起手说道:"来了,你说说,是怎么回事。"

保安顿时在原地僵成了一根棍。

他在周至町充满压迫性的目光中尴尬地摆了摆手:"误会,都是误会,大家散了吧。"

这些人还有什么不明白的?

有些老人家惯孩子惯得不成样子,家里的孙子就是宝,从头宠到脚。家里霸道不说,家外也霸道。她自己宠不说,还要所有人一起宠。

原本看方铛铛不给吃的,她就觉得自家孙子被人欺负了,干脆随口扯了个听上去人神共愤的理由,打算让方铛铛好好受下教训。

谁知道,碰上周至町这个不好啃的硬骨头。

之前那个尖声的女人顿时无比尴尬,埋怨地看向老太太:"既然不是,你瞎叫唤什么?"

当着这么多人,尤其是周至町冷冷的目光,她不好意思地走到他俩面前,磨磨蹭蹭地小声说了句"对不起",然后飞快地离开了。

老太太也想趁乱离开,然而她刚刚一动,周至町就像是后脑勺长

了眼睛一样，转过身拦住她的去路："您的'对不起'呢？"

老太太神情尴尬。周至町虽然看起来无畏，但到底还是怕她不要脸面地往地上一躺，那他这几年就白干了，因此并没有再为难她。

饶是如此，周至町还是高贵冷漠地从鼻子里发出一声轻嗤，无比明白地表达了他的意见。

等到人都散开了，一直躲在周至町身后的方铛铛这才低着头站在他面前。

她还记着周至町害得贺弯弯退学的事情，虽然他帮了自己，但她在心里告诉自己，这也有可能是周至町的套路，她一定不可以上当，在心里道谢就行了。

方铛铛正打算离开，身后传来周至町的声音："站住。"

他走上前来，拦住方铛铛的去路："你就没有什么想说的？"

第三章
被一个女生撂倒了

方铛铛猛地抿住唇。

看来的确是没有什么想说的。

周至町气得笑了，他围着方铛铛转了两圈："行啊方铛铛，居然还装哑巴。"要不是她刚才忘记装哑巴露了馅，周至町恐怕还被她蒙在鼓里。

周至町百年不做一件好事，没想到难得大发慈悲，就被人摆了一道。

虽然周至町刚才帮了她，但她还记得他害贺弯弯的事情，愤愤地看了他一眼，结结巴巴地说道："反……反正我是……是锯嘴葫芦。"

周至町哑口无言。

他怎么就一时大意，忘了之前在方铛铛面前口无遮拦了呢？

周至町轻咳一声，转眼就恢复了自在："那什么，我承认，之前

认为你是聋哑人,说了些不中听的话,但我今天帮了你,咱俩扯平了。你以后见我别跟只斗鸡一样了。"

方铛铛鼓着脸,用表情告诉周至町她不想扯平。

"嘿!"周至町就惊讶了,"这样都扯不平,那你打算怎么办?"

"我之前……之前还帮过你呢。"方铛铛气鼓鼓地说。言下之意就是,如果真要一码归一码,周至町今天帮她解围,最多还了那天她收留周至町的人情,周至町多嘴多舌非议她的事情还没完。

周至町有点儿头痛。他怎么没有发现方铛铛是个这么计较的人呢?怕是个守财奴吧。

他无语了一会儿,扯出来一件他做过的事:"那我还让你去我公司上班呢。"

眼见方铛铛又要说什么,周至町连忙说道:"你可别说你没去就不算啊,没去我也把这个人情还你了,是你自己不要的。"

不是他不还,是方铛铛不要。

不是他的错。

方铛铛的话被他抢去了,无话可说,当场气得圆鼓鼓的。

"不是吧方铛铛。"周至町见她那反应越想越不对,总算是从"杰克苏"光环里走了出来,"你还真讨厌我?就因为我说你名字的事情?不至于吧?"

方铛铛对他怒目而视,用眼神告诉他,周至町把她得罪得很厉害。

周至町看着她那眼神，点点头："好、好、好，是我不对，是我口无遮拦，我跟你道歉行了吧？你也别用那种眼神看我了，搞得别人以为我把你怎么了。"

他是会把人怎么着的人吗？从来只有别人把他怎么着好吧？

方铛铛没有回答他，就算周至町帮了她，她也不会忘记他曾经对贺弯弯做的那些事情！

哼！

她愤愤地准备转身离开。

可是她刚刚一抬脚，手臂就被周至町拉住了。

"不是，我还是想不通。"他心想自己是这么一个俊美青年，虽然毒舌了点儿，但对方铛铛可没有做过什么过分的事情，她为什么这么讨厌自己？

这句话还没有说完，周至町就明白了。他恍然大悟："哦，你仇帅！"

方铛铛终于忍无可忍，直接握住周至町的手臂，用了个巧劲，把他甩开了。

周至町眨了眨眼睛，又看了看方铛铛没有收回去的手："刚刚……是你把我……甩出去的？"

方铛铛板着一张脸告诉周至町，就是她！

她眼睛里闪过一丝得意。别看平常不说话，她可是空手道五段！

可惜她的想法没能顺着脑电波传进周至町的脑子里。他无比惊讶地跑上来问道:"你既然可以还手,为什么刚才还被人拖着走?"

方铛铛抬头看向他,她觉得周至町真是个棒槌。

她能还手跟她尿又没有关系。

这次方铛铛的眼神周至町看懂了,他悻悻地摸了下鼻子,刚要解释,方铛铛就跟小兽一样,冲他咧了咧嘴,一副要冲上来撕咬他的样子。

周至町想着,这孩子是傻了吧?

傻得还怪可爱的。

方铛铛做完这个动作才反应过来她刚才干了什么,一个人待的时间太久,忘了这不是二次元,动作也相当可笑。她要哭不哭地嘤了一声,提了东西就捂着脸跑了。

周至町在后面看着她的背影,摇头感叹:"这内心戏丰富的……啧啧。"

方铛铛觉得,周至町真是个讨厌的人。

他聒噪、不会看人脸色、没话找话、事多、玩弄女性感情。唉,看在他帮了自己的分儿上,方铛铛把事多这个缺点给他去掉,但即便是这样,也不能改变周至町令人讨厌的事实。

偏偏这个人意识不到自己有多讨厌,还以为大家都很喜欢他,随时顶着他那张脸扬扬自得地到处招摇，甚至妄图用以前玩弄贺弯弯的手段来玩弄她，简直太讨厌了！

他的那些手段，她绝对不会上当，更不会步贺弯弯的后尘，绝对不行。

要是当时自己能陪在贺弯弯身边就好了。要是自己能坚强一点儿，也不会在贺弯弯最失意的时候让她一个人待着。那个时候要是有个能开导她的人在身边，贺弯弯肯定也不会那么极端。

可是现在，说什么都晚了。

方铛铛翻出一本有些年头的速写本，里面只画了几页，全是方铛铛的剪影，每张剪影的右下角都有一个铅笔签名，跟周至町家那幅画上的落款，一模一样。

曾几何时，有个笑起来眼睛弯弯的女孩子捧着速写本，得意扬扬地拿给她看："你看，你笑起来也很好看嘛，怎么不多笑笑呢？"

方铛铛好像又回到了那天，似有所感地扯了扯嘴角，然而努力半天，最终还是徒劳。

贺弯弯付出了惨痛的代价，可那个罪魁祸首依然过得逍遥自在，年纪轻轻就功成名就，就连方妈都认为他是个很优秀的人，谁还会记得曾经那个女孩子背后的泪水和煎熬呢？

方铛铛看着那个速写本，轻轻叹了口气。

周至町今天晚上等了好一会儿，才看到"失语游民"上线。她听取了上次弹幕里的建议，本次直播掏耳朵。

品质优良的耳机中传来让人舒适的沙沙声，真的好像有人在身边这么做一样。周至町双手交叠放在胸前，不多时便睡了过去。

然而今天晚上不知道是怎么回事，往常对他还算有效的ASMR竟没能让他一夜好梦。迷迷糊糊中，他觉得自己好像站到了一处天台上，一个穿白衬衣、百褶裙的女孩子背对着他，场景有种莫名的熟悉感。他下意识地想离开，然而他刚刚一动，原本背对着的女孩子猛地转过身来。

她的长发被风吹得四处乱飞，露出满脸鲜血，鲜血底下，是一张周至町相当熟悉的脸——

周至町猛地睁开眼睛，用一双茫然的眼睛盯着天花板，好半天才找回神志。刚才被吓得几乎要飞出去的心缓缓静下了，周至町喘出一口气，这才慢慢地从沙发上坐了起来。

他捂着脸，端起杯子喝了口凉开水，冰凉的水顺着喉咙滑了下来，他总算冷静了一些。他有些颓然地捂住脸，长长地舒出一口气来。

这是……多久没有梦见她了？为什么突然又梦见了呢？

可是梦本来就无迹可寻，就算周至町再聪明，也没办法从中寻到答案。他坐了好一会儿，才站起来，打算去找吃的。

周至町作为一个经常熬夜加班的伪总裁真社畜，把自己照顾好，那是不现实的。他打开冰箱找了半天才找到一瓶剩下的酸奶，一看时间，几天前就过期了。

周至町将酸奶一扔，套了件衣服就打开门出去觅食。

他在开门，隔壁也传来吧嗒一声。他抬起头下意识地朝隔壁看去，见方铛铛踩着一双拖鞋出来。一见到他，她一个激灵，跟被烫到了一样，想也不想就闪身进屋，正要关门，却没能成功……

门被人从外面顶住了。

方铛铛一张脸涨得通红，她透过门缝，用眼神将周至町从头到脚扫视了好几遍。哪知周至町脸皮厚，仗着力气大，一把将门推开，没好气地对方铛铛说道："方铛铛，你这人怎么这么小气？我都跟你道过歉了，你怎么还是见了我就跟要随时战斗一样？"

方铛铛的脸更红了——被他气红的。她瞪着一双大眼睛，看着周至町："道……道过歉就好了？我还没接受呢。"

周至町哑口无言。

方铛铛平常不说话，这是把精力全都拿来跟他斗嘴了吧？

"好。"他认命地点了点头，是他口无遮拦，被方铛铛埋怨也是他活该，他一个大男人不好跟个小姑娘计较。他偏头问她："那你要怎么样才接受？"

方铛铛鼓起嘴，想了想，干脆一把将周至町拉进屋里。她拿过置物台上放着的一张照片，指着上面两个抱在一起的女生，气鼓鼓地说

道:"你先跟她道歉。"

周至町拿过来一看:"这是谁啊?"

他居然不认识贺弯弯了!

方铛铛出离愤怒了,手比脑子快了几步,一把扣住周至町的双臂,反剪过来,直接将他摔倒在了沙发上。

等到周至町反应过来,他人已经倒在了沙发上。

"方铛铛!"被同一个小姑娘用同样的方式摔倒两次,他身为男性的尊严还要不要了?

而且——

"你这次又是为了什么?"

周至町把照片拿到眼前反复看了几眼,左边笑得一脸僵硬的人是方铛铛,没错。可旁边那个女孩子,他真的不认识!

方铛铛打量着周至町,看他不像作伪,有些不信任地问他:"你……你真的不认识?"

周至町面无表情地看了她一眼:"她是哪个超模还是哪个名人,我应该认识她?"

方铛铛坐到他对面,一把将照片抢过来,小心翼翼地擦掉周至町落在上面的指纹:"你套路过的女孩子太多了,你不记得了?"

周至町冷冷地看了她一眼,从鼻子里发出一声明显的嗤笑。

好吧。这反应不对,看来真的不是他。

但这也不怪她啊!

方铛铛不太甘心地继续问他:"如果你跟她没有关系,那为什么她的素描会出现在你家?"

"素描?"周至町一头雾水,"什么素描?"

"就是挂在你家客厅墙上,描绘去往图书馆路上景色的那幅画。"方铛铛用充满警惕的眼神看着他,神情像在说,你别抵赖,我都看到了。

周至町没反应,像是在脑海中搜索方铛铛说的那幅画。片刻之后,他的表情变得一言难尽,种种神情在他脸上不停变幻。

"那幅画……是我一个同学送的。"周至町的脸色一瞬间就变了,变到让人看不出来所以然,"你要喜欢的话,就拿去吧。"

"同学?"方铛铛并没有接过他的话头,"哪个同学?"

周至町张了张嘴,像是要说什么,但最终还是什么都没有说,只是摇了摇头。他顿了顿,开口道:"就是个普通同学,我离开学校的时候……他送的。"

周至町眉间带着一些厌恶,可是方铛铛看不出来。她不依不饶地问他:"哪个同学?叫什么?"

周至町眉间的厌恶陡然变得明显起来,但他还是压低了声音:"知道哪个同学对你而言很重要吗?"

"画画的女孩子自杀了,在二十岁的时候。"方铛铛没有回答他,而是来了这么一句石破天惊的话。

她继续板着一张脸解释道:"不过没死,但是退学了,大学……再也没有上过。"

二十岁的妙龄少女,在校大学生,又是自杀,就算没死,周至町不用动脑也能猜到那个女孩子经历了多少非议。流言蜚语好像刀子一样,狠狠地往她身上扎去,偏偏她还不能有任何反驳。

如果真的可以反驳,又何至于将自己的生命轻易交付出去?

"其实他们没有说错。"方铛铛面无表情地叨叨,声音好像菜刀切在案板上,没有半分拖泥带水,"她就是受了情伤才自杀的,但跟外面的人想的不一样,不是什么简单的分手,起码我知道的绝不是简单的分手。"

方铛铛猛地住了嘴,她伪装了片刻的平静立刻消失殆尽,刚才的一切好像都没有发生过。

"她……"方铛铛深吸了一口气,像是慢慢找回勇气,继续说,"她叫贺弯弯,父母离异,一直跟母亲生活。虽然家庭可能带给她一些伤害,但我知道,如果只是简单的分手,她一定不会想去自杀的。"

方铛铛说到这里,好像又没了力气,过了半晌才轻声说:"她是被人玩弄,然后抛弃的。"

"那段感情,于她而言,像是一场冒险,让人充满了期待。我不知道,那个人是谁,唯一清楚的就是,弯弯一定把那个男生看得很重要,所以,明明应该是最美好的年纪,最美好的感情,谈得却跟地下恋情没什么两样。"

贺弯弯那般小心翼翼,唯恐惹恼了他,连名字都不肯跟好朋友分享。

隐秘而又……让人不安。

她抬起眼睛看向周至町:"所以你到现在还认为,知道是哪个同学对我而言,无关紧要吗?"

周至町呼吸猛地一滞。

无关紧要吗?

当然不是了。

那个人对于方铛铛和贺弯弯及她的家人而言,是心结一样的存在。可是……

周至町斟酌着语句:"你知道了又能怎么样呢?"心里想着:"既然当初没能把人找到,没能有个结果,现在过去两年了,又能把对方怎么办?"

方铛铛被他问得一愣。

周至町看她的表情就知道她没有想过这个问题。他叹了口气:"这件事情,暂时先不提了吧。"

方铛铛立刻睁大了眼睛看向他："为什么不提？我当时没能帮到她，现在我……我……我可以了！"

"你能保证你知道了不去做点儿什么吗？"周至町当即反问她，"你把你自己折进去怎么办？"

方铛铛微怔，但依然摆出了难得的强硬态度："那……那我可以在家做个玩偶诅咒他。"

周至町抿唇笑了一下，拍了拍沙发："收起你的封建迷信思想吧。"

他转头看向方铛铛："这幅画……是我离开学校时，研究生时期的室友送的。"他顿了顿："方铛铛，他未必就是伤害你朋友的那个人，况且他也未必就是故意的。就算这件事情跟他有关，法律判不了他，你找上门去，除了伤害自己，没有任何意义。"他抬起眼睛看向方铛铛："我这么说，你明白吗？"

方铛铛抿住了唇。

明白，她当然明白了。

周至町的意思是说，男女感情这种事情，别说过去几年，已经找不到什么证据，就算是当时，她也不一定能把那个人怎么办。现在最好的办法就是，她装作根本就不知道这件事情，继续迷迷糊糊地活下去。

可是，她已经当了哑巴，难道还要闭目塞听，对害了贺弯弯的人装作没看见吗？

方铛铛心里升起一种强烈的无力感来。她的好朋友，明明受过那么多的折磨，明明遭受过那么多不公正的待遇，她却一点儿办法都没有。

她要是能像动漫里的女主角一样就好了，不管是月野兔还是小樱都行，那样她就能狠狠惩罚那个曾经伤害过她朋友的人了。

那样……她的朋友也就不会受到那么深的伤害了。

贺弯弯曾经是多么阳光的一个人啊……

方铛铛双手抱住膝盖，将下巴放在上面，颓然地低着头。她难过得流下了眼泪，周至町见了，轻轻叹了口气，过去拍了拍她的脑袋，转移话题："在想什么？"

"在想……"方铛铛犹豫了一下，最终还是鼓起勇气，"在想我要是月野兔就好了。"

"月野兔？"周至町对这些女孩子看的漫画不太熟，皱眉想了一下，"你是说美少女战士？"

"嗯。"她从沙发上站起来，双手放在胸前，做了个小兔变身的动作，"这样我就能帮弯弯了。"

周至町一下就笑起来。看到他笑了，方铛铛这才意识到面前这个

人还是一个陌生人,有些讪讪地放下手,低下了头。

她看起来有些忐忑,像是第一次鼓起勇气对外界伸出头的蜗牛宝宝,原本抱着最大的善意面对这个世界,却冷不防地经历一场巨大的冷雨寒风。

她笨拙得让人心生怜爱,加上刚才自己对她有所隐瞒,周至町自觉对不起面前这个女孩子,下意识地放柔了声音问她:"你很喜欢月野兔?"

他刚才留意了一下,方铛铛房间里有好多美少女战士的周边,即便她快把家变成动漫展览馆,穿着水手服的黄发少女还是非常显眼。

这是第一次有人主动问起她的喜好,方铛铛忐忑地抬起头打量着周至町,见他神情如常,并没有因为她二十几岁还喜欢"小孩子的东西"而生出鄙夷,也没有觉得她幼稚的取笑神色,她顿时松了口气。

她点了点头:"很喜欢。"

谁没有个爱幻想的时候呢?

"我……我从小就不爱说话,也没人陪我玩。"方铛铛父母都是比较强势的人,虽然两人和睦,但家庭里总有压力,这种压力无形当中就转移到了她的身上。而且她小时候身边没有同龄的人,只能自己玩自己的。

等到父母发现她性格不那么外向的时候,已经晚了。

"我父母很希望我能开朗一点儿,可我总是违背他们的意愿。"

方铛铛父母总是把她放到众目睽睽之下,以为这样就能够锻炼她的胆量。这样一来,不仅没有让她胆子大一点儿,还因此闹出不少笑话,她就更加不愿意接触人了。

时间一久,这成了方铛铛和她父母的拉锯战,她父母越是着急,越是让方铛铛接触人,方铛铛就越是不愿意,越是抵触。

外面有什么好呢?外面的人总是笑她。妈妈说是因为她太笨拙了,所以更需要锻炼。可她越是锻炼,出的丑就越多,她永远不能像其他小朋友那样,可以在舞台上侃侃而谈,面对老师面对家长面对其他小朋友时游刃有余。

她觉得自己很差劲,不管怎么改都改不好,越改不好父母对她越失望,越失望就越严格。

"直到有一天我遇到了一个小姐姐,那个小姐姐有着黄色的头发,她跟我一样迷迷糊糊的,也不优秀,可她有特殊能力,遇到困难就能变身,一变身,妖魔鬼怪都被她打跑了。"

"我要是有她那么厉害就好了。"

那样,不管是数学题还是伤害贺弯弯的人,她都能用一个变身就解决了。

方铛铛说完,有些害羞地笑了:"我也知道小兔经历了很多磨难,可是……可是动漫里的磨难跟现实生活中的有着千差万别。动漫里面,

不管多惊险,最终都能找到解决的办法,可是现实里,自己都头破血流了,却依然找不到出口。"

她说完,就听到周至町笑了一声。

方铛铛猛地抬起头来看向他,只见周至町伸出手在她脑袋上拍了一下:"你这丫头真奇怪。"

方铛铛的脸立刻阴沉了下来。

看吧,周至町果然还是觉得她奇怪了。早知道她就不说了!

周至町继续说:"美少女战士不是还有个王子吗?她遇到事情就找她男朋友去了,你怎么不往这个方向想想呢?"

方铛铛一愣,还没有反应过来,周至町就用手拉着她的头发站了起来。方铛铛感觉头发都要被他拉断了,正想把月野兔和她家王子抛诸脑后,对周至町展开新一轮的殴打,就听到他的声音:"好好的少女漫画被你看成'升级流',少女,你阅读理解烂成这样,当初怎么好意思报师范学校?"

闪开!什么都阻止不了她殴打周至町!

方铛铛伸手就要去抓周至町的手臂,周至町一抬手,得意扬扬地跟她挥了挥:"哈哈,我早就猜到你要这么做了。"

他挑了挑眉,眼睛里有星星般的光彩,让人一眼可以透过现在的他看到那个曾经在球场上挥洒汗水的少年。

"第一次第二次都是我没有防备,你再想对我动手可就没那么容——"

他话音未落,腿上就挨了结结实实的一脚。

方铛铛面无表情地收回腿。她虽然不能动手,但还可以动脚。

"我突然想到一件事情。"周至町吃不记打,刚刚才挨了一脚,转眼就恢复了神采。他转头看向方铛铛,"我说害你朋友的人不是我,你就信了?方铛铛,你这么信任我吗?"

方铛铛微愣。

是啊,她为什么这么信任他呢?

第四章
伪装女友

方铠铛果真思考了一下这个问题。还没等她思考出个所以然来,周至町就大笑着打断她:"哈哈哈!还用想吗?当然是因为我好看了!"

周至町在方铠铛一脚踢过来之前赶紧走了。可是人走了,问题却留下了。

周至町可以当成玩笑话说出来,方铠铛却不行。

她为什么会这么信任周至町呢?

方铠铛这个姑娘,有点儿轴,也爱钻牛角尖,碰到问题想不到解决办法,有些人会先放一放,等过一会儿换个角度再来思考。但她不是,一旦被问题难住,就非要当即想出个结果来。虽然精神可嘉,但是难免少了几分处理事情的智慧。

周至町抛出来的这个问题,方铠铛思来想去都没有想出个所以然来。

　　唯一确定的就是，她之所以会信任周至町，绝对不是因为他好看。

　　他再好看，能有自己电脑里面那些纸片人好看？

　　当然不可能。

　　她的纸片人有着"盛世美颜"，会围棋会魔法，这些周至町拍着马也追赶不上，她疯了才会放弃二次元的纸片人男神跑到三次元被一个自恋狂迷倒。

　　那究竟是为什么呢？

　　方铛铛想了很久都没有想出个结果，只能暂且认为，也许是周至町话多又烦人吧。

　　话多到天天在她身边唠叨，她烦着烦着，也就习惯了。

　　话多的周至町赶在方铛铛打他之前回到了自己家。周至町虽然顶着"创业新秀"的名头，但实质上跟个社畜没有什么区别。他先是加了一会儿班，把该处理的都处理了，正把面包拿进烤箱打算烤热了凑合吃的时候，手机响了。

　　周至町看了一眼手机屏幕上面的那个名字，一时有点儿走神。

　　他居然这么大方，还没有把这个人删掉吗？

　　周至町想了一会儿，这才回忆起，当初离开学校的时候，为了表示大度，表示自己根本不介意当初的种种，所以还把这个人的手机号留着。没想到这个人成了他手机通信录的钉子户，连他换了手机都还在。

一想到自己当初干的"中二"事,周至町就忍不住捂住了眼睛。

面子有自己心情重要吗?周至町思考了一下,发现还真是很难说。

就在他思考这些有的没的时,手机响了一阵停了,但对方很快又打了过来。看样子,对方是非要他这通电话了。

周至町挑了一下眉。不就是接通电话,还怕了对方不成?他当即不再犹豫,按下接听键:"喂?"

"至町吗?"电话那边传来一个含笑的声音,好像春风一般吹进人的心田,不需要看真人,就知道对方一定是个温文尔雅的人。

那个温文尔雅的声音问道:"最近忙不忙?"

时隔两年,才来问他忙不忙。这样的关心未免太"塑料"了一点儿。

不过,周至町是谁?

他八面玲珑,就算心中想"吐槽",脸上也不会表露半分,当即摆出一个"社交专用笑容",对那边说:"还好,不过肯定比不上你这个大忙人了。最近项目还顺利吗?"

"还行。"对方说道,"你的还好跟我们的还好肯定不一样。我前几天还看到几个学生下载了你们那个 APP 呢,要不是我有女朋友了,说不定还真要用一下。"

"这话说的,你有女朋友还不是可以用,最多我不告诉她就行了。"周至町就是不如他的意,没有八卦地问他女朋友是谁。

对方失去了这么一个炫耀的机会,并没有放弃,再接再厉:"那可算了。我女朋友是我师妹,也就是我老师的独生女,人嘛,倒是不坏,可就是被父母养得有些骄纵,还是个醋坛子,我可不敢捋她的胡须。"

是为了老师不敢,还是单纯为了女朋友不敢?

这句煞风景的话周至町没有说出来,笑着打了个哈哈:"还没结婚你就这么惧内,将来怎么得了?"

"这种时候就要羡慕你这种单身汉了。"

周至町连忙说:"你怎么知道我是单身?"

两年了,对方还一直在关注周至町,这是什么目的?

不知道的人还以为他暗恋周至町呢。

对方大概是没有想到这么快就被周至町找到了破绽,顿了一下,随即笑道:"是吗?那真是恭喜了。我只是没有想到,你这样的创业新贵这么快就找了女朋友,本来以为你们这样的都很忙,看来是我低估你的效率了。对了,你女朋友在哪儿高就?"

周至町故意不回答他这个问题:"什么高就不高就的,都是混饭吃,哪能跟你一样,在研究所里安安稳稳地读博士,比我们这些人可省心多了。"他转移开话题:"专程打电话,是有什么事情需要我效劳的?"

"言重了。我哪能指派得动你。"对方果然不在女朋友的事情上

面继续纠缠,"我们学校百年校庆快到了,这不是好久没见了嘛,正好趁着这个机会,邀请你回来一趟,我们好兄弟,也好叙叙旧。"

明明在一个城市,如果真的有心,就算再忙也不可能连这点儿时间都挤不出来。单听他这话,不知道的人还以为周至町跑到南极去了。

话说到这里,周至町已经觉得有些乏味了。应付这个人,完全是在浪费他的精力,还不如留着招呼他的"甲方爸爸"。甲方爸爸还能给他带来收益,这个人有什么用?

这么一想,周至町越发觉得没意思了,声音都不自觉地低了几分:"那可不一定,要看我那天有空没有。"

他也是很忙的好吧?

"毕竟是学校的百年校庆呢,学校还专门给优秀毕业生印了请柬,你这会儿应该已经收到了吧?"周至町家中和办公室的桌上都是空空一片,很显然,他并不被包括在"优秀毕业生"这个范畴之中。

对方既然打了电话过来,以周至町对他的了解,他不可能不做任何功课。这是摆明了要不轻不重地刺周至町一下。

周至町像是没有听出来一样,笑了一声,懒懒地说道:"我们这样的人,哪能被圈进优秀毕业生里面?历届那么多厉害的人,又不是专门为了摆着好看的。"

周至町的心里有数,知道对方问了请柬的事情,肯定是收到后故意来刺激他的。他就专门把主语从"我"换成了"我们",明着拉近距离,实则是在告诉对方,他俩一路货色,他周至町不配,对方也不配。

对方被周至町噎了一下,随即装作毫无芥蒂地笑起来:"别啊,现在是没有,不过可以慢慢奋斗嘛。"

周至町觉得可能他脑子里的水能灌满西湖,才会为了他们学校一个优秀毕业生的请柬奋斗。

只听对方继续说道:"正好,把你的女朋友带来给我们大家看看呗……"

周至町心想:"呸!就不。"

周至町想凭什么要把自己的女朋友带去给这个人认识?他是谁啊?

没有听到周至町的回答,对方像是突然想起了什么一样,恍然大悟般说道:"那个,是不是不方便啊?那算了,就当我没说吧。"说完,他又像是试探性地问道:"还是说,至町,你几年不联系我,还是在介意毕业时的事情?"

"哪能呢。"周至町笑得咬牙切齿,如同被踩到痛脚的鸡,就差立刻跳起来了。

"校庆我一定会来的。"他顿了顿,补充道,"当然,还有我的女朋友。"

挂了电话,周至町在屋里转了一圈。

他到哪儿去找个女朋友带去给人家看?

周至町看了一圈处处透着空寂的家,恨不得穿越回到两分钟之前,赶在他跟林阳乱说之前,抽自己两个大嘴巴子!

是的,那个人叫林阳。曾经是他最好的朋友。

他们两个,从高中到硕士都是同学,大学开始在同一个寝室,还是邻床。

林阳正是把贺弯弯那张素描送给他的人。

周至町曾经是真的把他当成好兄弟来对待,但后来的事情无比清楚地告诉周至町,是只有他把林阳当兄弟,而林阳把他当傻子。

然而现在这一切都不是重点。

重点是,两分钟之前他为了跟林阳置气,同时为了表示自己的宽容大度,不跟林阳计较硕士毕业前发生的那些事情,答应了两天之后要带着女朋友去参加他们学校的百年校庆。

两天的时间,他去哪儿找个女朋友?

周至町想了想,拿起手机在网上搜索"租女友"相关事宜。过了一会儿,他眨了眨一直看屏幕的眼睛,沉痛反思——

他究竟为什么要接招呢?

林阳是个什么人,难道上了一次当,周至町心里还没有点儿数吗?

就算争赢了林阳，对他来讲就是什么好事吗？是他公司的APP下个月的下载量能再上一个台阶，还是他的甲方爸爸不再为难他了？

更何况，就算没有女朋友又能怎么样呢？"单身狗"也不是什么值得鄙视的事情吧？再说了，女朋友是拿来疼的，不是专门用来跟人比的，他就算找个样样都比林阳女朋友好的又能说明什么呢？

最多只能说明他眼光好。

他眼光一向很好，并不需要旁证。

周至町发现，上面这些问题他虽然每个都能回答，但奈何一向英明的他今天不慎在林阳面前抽了风，所有的回答，就变得十分苍白。

老虎都有打盹的时候，他平常用脑过度，一时抽风也能理解。

至于为什么面对林阳时抽风，周至町不愿意细想了。

这件事情不能细想，细想就有点儿怪。

周至町作为一个"母胎单身""钢管直男"，虽然长得不错，收入还行，情商智商都高出平均线好大一截，但不知道是不是因为单身气质太明显，这么多年过去了，于飞都谈过不少次恋爱了，他还是孤身一人。

他身上的单身狗气质经过年月发酵，越发醇厚，已经到了但凡他所到之处，身边的人都能被影响的程度。

没主的纷纷有主，有主的情比金坚。只剩下他和于飞在一对对情

侣夫妻中,散发着属于单身狗的不同气质。

周至町用了两秒钟,将他身边可以拿去应付林阳此次邀请的女性数了一遍——他悲哀地发现,竟然一个都没有!

所以他每天帅得那么努力,都便宜了于飞吗?

他拿出手机,打算打给母上大人。

不知道现在求她安排相亲,还来不来得及。

然而想了想,他又放弃了。

为了应付一个林阳从此走上漫漫相亲路,划不来。

周至町翻到于飞的微信,给他发了一条语音:"飞机,介意男扮女装吗?"

于飞简单明了地回了他一个字:"滚!"

周至町将目光移到了墙上。

隔壁,还住着"雌性生物"。

他身边,只有这么一个合适的人选了。

门铃响了。

方铛铛打开门一看,刚才欠了她一脚的人去而复返,而且,好像有点儿不一样了。

头发上面多了点儿水,看样子刚刚梳过;衣服也从家居服换成了衬衫,上面的折痕告诉她,这是件新的。鼻端萦绕着一股若有若无的木质香水味道,好像刚刚削掉的铅笔,清新里带着几分厚重。

方铛铛微微抬了抬眼睛,刚才周至町回去,是打扮自己去了?

她真不知道这些三次元的男人脑子里面在想什么。

周至町看着她,脸上露出一个温暖又专注的表情,对她说道:"少女,看到我这么好看的人,你就没有什么想说的?"

方铛铛面无表情,直接将门一关,身体力行地告诉周至町她想说什么。

"哎,等等,等等——"周至町连忙撑住门,"你不要这么粗暴嘛。"

方铛铛没好气地看着他,用表情问他,究竟想干什么?

周至町有些不太好意思地低下头,含羞带怯地问她:"我们做邻居这么久,你对我都没有什么想法吗?"

她就知道这个人成天不显摆不自恋,身上的肉就痒!

方铛铛又要关门,然而周至町眼疾手快,连忙再次撑住了门:"等等,我真的有正事!"

为了避免方铛铛一言不合又关门,周至町干脆耍了个心眼,将自己往门上一靠,用身体阻止她:"我……有个事情,要找你帮忙。"

这件事情说起来有点儿难为情,毕竟周至町好歹也算个不大不小的男神,一代男神混得连出席个校庆典礼都找不到女伴,说出去还真有些让人脸上挂不住。

他轻咳了一声,硬着头皮说道:"那个,我过两天有个典礼,想

邀请你一起出席一下。有吃有喝!当然——"唯恐方铛铛想多了,周至町连忙补充:"我对你没有其他想法,就是顺便请你帮一下忙——"

搞了半天就是这样的废话,方铛铛已经不想再听了。不管是周至町还是周至町口中那个典礼,她是一点儿兴趣都没有。

方铛铛推着周至町的肩膀,眼见又要直接把他关在外面,周至町急急忙忙地加价:"等等,等等,我给你报酬,两个限量版手办行不行——"

房门砰的一声。

周至町揉了揉差点儿被门板碰到的鼻尖,心想方铛铛怎么这么粗暴?

是他着急跟方铛铛划清界限,人家不高兴了?

唉,虽然很抱歉,但给人希望不是他的风格。

周至町想了想,扯着嗓子喊道:"要不然五个?"

里面还是没响动。

"十个?"

还是没人来开门。

算了。

周至町抠了一下脸,指望方铛铛这样的锯嘴葫芦去那种觥筹交错的地方,的确有点儿难为她。

他正要转身离开,谁知方铛铛家的大门却缓缓地打开了。

方铛铛一脸为难地站在门口，跟周至町大眼瞪小眼了半晌，最终拿出了手机，上面只有一句话："你说的都是真的？"

周至町连忙点头。

方铛铛又在手机上打了一行字："先付定金。"

嘿，没看出来，她还挺精明的。

因为时间太短，周至町以"来不及"为由，强行将定金支付期限挪后了。校庆日那天，周至町专程跟公司请了一天假，带着方铛铛出去嘚瑟了。

车子慢慢驶进学校给来宾划好的停车场，停下后，周至町却没有动。他看了看方铛铛，疑惑地问她："你……确定现在这样……可以？"

方铛铛穿着一条露背的红色吊带裙，带子就是两根细细的线，吊着裙子挂在她的身上。她坐在副驾驶座位上，犹疑地跟周至町点了点头。

方铛铛从来没穿过这样的衣服，对于一个死宅而言，首次挑战的难度有点儿高，她觉得她连手都不知道怎么放了。

周至町也没有想到，方铛铛居然……给了他这么大一个惊喜。

本来他的确是叫方铛铛好好打扮一下的，但好像……男人跟女人口中的打扮，或者三次元跟二次元口中的打扮……不太一样。

要知道动漫里面的少女，裙子都……咳咳，有点儿短。但很奇妙的是，不管是跑是跳，都从来看不见"胖次（内裤）"。方铛铛这条裙子，是她买的一个少女漫画的周边，还挺贵。当时穿在动漫女主角身上，那叫一个惊艳；现在穿在她身上，惊艳是有了，但好像……不是很庄重。

周至町看了一眼她露在外面雪白的肌肤和在小裙子映衬下越发修长的腿，轻咳了一声，十分正人君子地转开脸，脱下自己的西装，递给了方铛铛。

方铛铛默默接过来披上。

等他们到了当初周至町所在院系的大厅时，那里已经来了好多人。

等两拨合影完毕，周至町就拉着方铛铛走了过去，刚站住脚，便听到一个含笑的声音："至町，你可算到了。"

来人一身深黑色的丝绒西装，隆重得好像是要去结婚，一副金丝眼镜架在鼻梁上，看上去斯斯文文的。加上总是未语先笑，让人还没有跟他接触，就先对他有了好感。

此人正是林阳。

见到林阳，周至町脸上摆出一个浅浅的笑容，跟他不轻不重地握了一下手，说道："路上有点儿堵车。"

"我们当初几个同门，就剩你没到了。"林阳语气真诚，好像真的盼望着周至町来一样。他一边拉着周至町，一边好像才看到方铛铛："这是……你女朋友？"

女朋友？

不是过来请她吃吃喝喝吗？她还附带这个作用？

方铛铛十分纳闷，抬头看向周至町。

周至町的脸皮厚得可能有二十厘米，被她这么看着，丝毫不觉得有什么，连脸色都没有变一下。他既不承认也不否认，只是说道："她性格内向，我带她出来走走。"

方铛铛在一旁听他跟老同学打机锋，心想："滑！太滑了！就冲周至町说话这种滴水不漏的风格，就是个跟人交流的好料子。"

林阳好像没有听出来一样，依然笑着拉着周至町，往他们同学聚集的方向走去。周至町看了一眼被林阳拉住的胳膊，有些不自在地抽出来，跟着林阳一起到了他们同学聚集的地方。

见到周至町，那群人又是一番寒暄。方铛铛在一旁听得打瞌睡，然而她还记得周至町承诺给她的十个限量手办，自觉应该对得起这份丰厚报酬，换了一下不太习惯穿高跟鞋的脚，活动活动后背。

"我们老同学见面，说的话都很无聊。"冷不丁地，周至町低下头来，在方铛铛耳边轻声说，"那边有吃的，你去吧。"

大厅里一片嘈杂，周至町怕她听不到，凑得有些近。他的呼吸喷到方铛铛的耳里，让她不由自主地瑟缩了一下。

这种感觉有些陌生,她连忙拉开跟周至町的距离,如蒙大赦般跑到一边去了。

林阳注视着他们两人的交流,给周至町端了杯果汁:"你的女朋友,看起来很害羞啊。"

周至町接过那杯果汁,针锋相对地回答:"过分关注好兄弟的女朋友,可不是什么好习惯。"

他意有所指,林阳却丝毫不觉得有什么,笑了一下:"是、是、是,我讨嫌了。"

正好有个年轻女孩子过来,在林阳耳边说了些什么,林阳听完,抱歉地冲同学们笑了笑:"真是不好意思,马上该我致辞了,先失陪一下。"说完,他就将酒杯拿给旁边的侍应生,转身朝后台走去。

同学间有窃窃私语的声音。

"果然,优秀的到哪里都优秀。"

"以前林阳总被周至町压着一头,现在没了周至町,他倒是比之前显眼了。"

"要不是当初周至町出了那件事情,现在风光的还不知道是谁呢。"

"说起来他当初怎么会……唉,人的想法,难说。"

"唉……"其中一个人用胳膊肘碰了碰另一个说话的人的手臂,他回过头来一看,这才发现身后就站着周至町,连忙尴尬地笑了笑。

周至町可没有精力去听他们这些闲话，事实上，这些年他听的闲话还少吗？

他从学校离开之后，这样那样的风言风语都纷纷往他耳朵里钻，尤其是在他刚刚创业的那段时间。

说他什么"金玉其外"，说他什么"道貌岸然"，说他是"小偷"……反正什么话打击他的自尊，那些人就说什么，生怕用言语击倒不了他一样。

稍微重新感受到一点儿温柔，还是他在创业走上正轨之后。当然，周至町也没有矫情小气到连那些闲话还放在心上。慕强本就是人的本能，而落井下石，同样也是。

潦倒的时候被人看轻，强大的时候被人仰慕，人之常情罢了。

周至町看着站在台上那个作为优秀毕业生致辞的男人，才两年不见，林阳已经没有了以前跟自己相处时，那种从骨子里透出来的不自信和瑟缩。他站在台上侃侃而谈，态度诚恳，语气温和又不乏力道，让人不由自主地愿意信任他、跟着他走。

台上再也不是以前那个总是下意识询问他意见的林阳了。

周至町一哂，看来自己之前还真是把林阳压得太厉害了，现在居然怀念起以前那个林阳了。也许，在周至町的潜意识里，他也觉得自己天生应该比林阳强一些，比林阳高一头。林阳讨厌他，处处跟他争锋，也不是没有道理。

周至町站在暗处,看着林阳致辞完毕,从台上下来。

刚一下来,林阳就被一堆人围住了。一个头发花白的老者拉着他向人介绍——正是林阳的导师,也是周至町硕士期间一直想报的那个人。

林阳说话的时候,表面上看着一如既往的谦虚,仔细打量就会发现,作为普世意义上的人生赢家,他看起来十分耀眼,连大厅的灯光都盖不住。

也对。

周至町低头一笑,笑容中有淡淡的讽刺。

林阳在学术上有这位国内首屈一指的导师,作为人家的得意门生,以后的前途定然一片光明。他长得不差,跟导师女儿的感情也已经走上正轨,听说还是姑娘追的他。

事业、爱情两得意,如何不春风满面?

倒是自己,说是什么创业新贵,不过是个浪费了教育资源的混混,哪能跟人家比呢?

在绝大部分人眼中,知识分子总是要比做生意的值得尊重一些。

啪!

周至町肩膀上被人不轻不重地拍了一下,他回过神来,这才发现方铛铛非常不怕丢脸地捧了四个盘子,里面全是吃的。

周至町:"谢谢。我不需要。"

"谁……谁要给你吃?"方铛铛难得开口说话,一说话就开始阴阳怪气,"我是让你帮我拿一下,我盘子快掉了。"

方铛铛嘀咕道:"要吃自己不知道拿,还要我送上来。没长手吗?"

周至町哑口无言。

算了,他不跟脑子有坑的人计较。

他一边帮方铛铛扶好盘子,一边跟她到了旁边的角落里。

方铛铛吃得很香,连没什么胃口的周至町都被勾得有了食欲。他看着方铛铛的盘子,拿了个小叉子,叉了一块肉。方铛铛见了,不顾吃食,立刻瞪大了眼睛:"嗯……嗯!"

"行了。"周至町忍无可忍,"你还记得我叫你来是干什么的吗?你还真不怕我那十个手办不给你啊?"

吃成这样,她还要不要形象了?这样的她,如何给自己长脸?

方铛铛一听,顾不上吃了,连忙放下叉子:"不行。周至町,你答应了我的,不能不算数。"

周至町见她这么斤斤计较,心里有点儿不舒服:"方铛铛,好歹我们相识一场,我还帮你解了围,怎么说都该你还我人情,你免费帮我一次怎么了?"

周至町心想:"自己还比不上几个塑料小人吗?"

一听他要逃票,方铛铛立刻不干了:"周至町,一码归一码,这是你亲口答应我的。还有,我为什么要帮你?你自己亲口说的,你帮我解围那次,正好抵消我收留你那次。咱俩上次算是扯平,这次是你欠我。"

她计较起手办的事情,也不嫌说话浪费口舌了,瞪大了眼睛,生怕周至町跑了一样。因为表情生动,连带着那双因为总是盯着屏幕有些呆滞的眼睛都灵活了起来。

周至町被她这种锱铢必较的精神给震慑了,好半天才反应过来,从心底佩服她:"方铛铛,你这一笔一笔的账,算得挺清楚!谁要跟你结婚,一文不名都要被你算个千万身家出来。"

方铛铛当然听得出这不是什么好话,从鼻子里轻嗤一声,用行动表明了她的不屑。

过了一会儿,方铛铛想了想,觉得还是不太好意思问出口,到底这是人家的隐私。但不问吧,好像又显得她不是很关心周至町一样。毕竟,按照周至町的话来说,他们都这么熟了,一句不问,好像也不太好。

于是她掏出手机,在上面打了一行字:"你带我来,就是为了给那个姓林的看的?"

周至町看了一眼,惊讶地问:"这你都看出来了?"

废话,她只是不爱说话,又不是傻!

甚至，正因为生性敏感，比起旁人，她对人际关系更加容易感知。林阳这个人，给她的感觉……很怪。

有可能是她今天作为周至町的朋友，所以感情上比较偏向于周至町。林阳低调当中又想处处显摆的意图，在方铛铛看来太明显了。

她感觉，不是很舒服。

作为一直被方妈认为不太能上得了台面的方铛铛，对于人类这种莫名其妙的虚荣心简直不知道该说什么好。她就不明白了，输了赢了又怎么样？碗里会多两块肉还是卡上会多几万块钱？既然都不是，这么比来比去，不烦吗？

奈何方铛铛不但没能得到母上大人的支持，反而被骂了一顿。从此之后，原本就不喜欢张扬的方铛铛，更加不爱说话了。

方铛铛眼睛里就差明晃晃地写上"傻"字了，周至町轻咳一声，也觉得脸上有点儿挂不住。

是啊，比起这些显得毫无意义，林阳发疯，为什么周至町要陪？这样一来，就算赢了，他又跟林阳有什么区别？

搞了半天，周至町还不如一个成天迷迷糊糊的方铛铛看得通透。

周至町跟方铛铛还是有些不一样的。他天生就争强好胜一些，不像方铛铛那么"佛系"。他不想承认自己还没有方铛铛看得通透，趁她转头之际，又拿起叉子，飞快地叉走了她盘子里的一块龙虾肉，并在她的脚踢过来之前，闪开身子走了。

方铛铛冲周至町离开的方向哼了一声,表示自己不想跟他一般见识。她低下头继续吃自己的,面前冷不丁地出现了一只端着盘子的手。

那只手修长白皙,还隐约有些文弱,只凭一只手,便能看到主人的温文尔雅。

她顺着那只手向上看去,就见刚才在台上被灯光聚焦的林阳含笑站在她面前。见她朝自己看来,林阳偏了偏头,露出带着些微少年气的笑容:"你是想要这个吧?"

他端着盘子,坐到方铛铛身边:"你不用拿,我帮你拿着。"他也不嫌这个动作有损他形象,真的端着盘子等着她伸叉子过来。

这么一个长相俊朗、脾气温和、能力出众的大帅哥亲自给方铛铛端盘子,别说方铛铛这么一个没什么感情经历的女孩,即使是那种从小被人追逐着长大的姑娘,也会被他这个动作温暖到。

虽然方铛铛在三次元没什么感情经历,但她在二次元感情经历丰富。对于每看一个"新番"就要换个男朋友的动漫宅女来说,林阳的行为就不是很对她胃口了。

她虽然跟周至町交流顺畅,但对外人还是能不说话就不说话。她掏出手机,打了一行字给对方:"谢谢,不用了。"

林阳一看她这行为,立刻惊了一下,下意识地脱口而出:"你是哑巴?"

从眼瞎这种事情上,能看得出来,林阳跟周至町同出一门。

林阳脸上随即露出一个……有点儿讽刺又有点儿得意的笑容，指了指自己的耳朵，示意方铛铛："你能听到我说话吗？"

方铛铛点了点头。

她难得来了点儿兴趣，想听听林阳要说什么。

林阳想了想，问道："你……是周至町的女朋友？"

方铛铛想到那十个限量版手办，干脆地点了点头。

"哈！"林阳鼻子里发出一声嗤笑，方铛铛听得出来，嗤笑的潜台词是：你周至町也有今天？

她就不懂了，就算她是个哑巴，又怎么样呢？那就比人低一等吗？

林阳再次看向她的时候，眼睛里已经带上几分轻慢了。他连装都不想装了："你也是个可怜的姑娘。"

他眼里有做作的怜悯之意："周至町……是很好，事业有成，人又长得好看，学历还不错。但是……"

他欲言又止，就等着方铛铛问他"但是什么"，然而方铛铛是个三棒子打不出一个屁的锯嘴葫芦。他等了半晌都没等到方铛铛的"闻弦歌知雅意"，只能叹出一口百转千回的气，继续把后面的话说下去。

"至町……"林阳努力让自己看起来没有从中挑拨离间。

"至町……"他"至町"了半天都没有"至町"出个所以然来，随即像是放弃了什么难以启齿的话，笑着说，"嗨，我跟你说这些干什么，都过去了。现在只要你跟周至町好，那就比什么都好。"

方铛铛犯难了。

她原本是想让林阳说的，看看他究竟要说个什么出来，可现在他搬弄是非到一半突然放弃了，就只能让她自己来问。

可她……本来就对三次元的这些恩怨情仇都不感兴趣啊！

她犹豫了一下，想想那十个限量版手办，虽然她并不想知道，但问出来了之后可以告诉周至町，这样也好让他知道，林阳背着他究竟在造什么谣。

于是，她迅速地在手机上打了一行字："你要跟我说什么？"

"没什么，没什么。"林阳连连摆手。

虚伪的人类。

方铛铛在内心骂了一句，脸上还是一副不罢休的样子："我答应你，不跟其他人说。真的，我真的答应你。"

她再三保证，林阳"迫于无奈"，勉强地笑了笑，说道："其实，也不是什么大不了的事情。李茉……你知道李茉吧？"

李茉？

那是谁？

方铛铛先是茫然了一下，随即像是想起来了什么："周至町告诉我，那是他的一个同学。怎么了？"

"同学？"林阳脸上露出一点儿恰到好处的笑容，越发显得欲言又止。

"是，同学，特别好的同学。"他转移话题，"没什么，就是一个特别好的女同学罢了。"

他越是这样，越是容易让人起疑。方铛铛"真诚"地问了好几遍，都没能问出个所以然来，只能作罢。

林阳叹了口气，说道："其实也不是我不告诉你，而是我跟至町之间本来就有点儿误会，如果再去多嘴，恐怕他会更加埋怨我。你是他女朋友，跟他接触的这些日子，没有听到他提起过我吧？"他又苦笑了一下："他还在为当年的事情生气，这次如果不是我诚恳相邀，说不定连校庆他都不会回来呢。"

周至町的确没有在方铛铛面前提过这个人。因为刚才林阳的姿态和对着方铛铛说出的话，让她觉得周至町不提也没什么稀奇的。

但林阳并不这么想。林阳说完，又见方铛铛没有照他预想的那样继续刨根问底，不由得有些不耐烦。

周至町这个女朋友，怎么傻乎乎的？

一般的女孩子听到这些话，肯定早就迫不及待想要问个清楚了，她却什么都不问，也不知道是心机重，还是真的毫不在意。

的确，周至町在外人眼中，学历不错，能力强，收入高，长得还可以，很多小女生很吃他那一套，更别说面前这个哑巴了。

她这样的人，能有人要就不错了，碰上周至町这种条件的，不赶紧把他捧起来，难不成还要像其他女孩子那样，刨根问底吗？万一惹

恼了周至町，岂不是鸡飞蛋打一场空？

思及此，林阳脸上的不屑都懒得隐藏了。借着大厅不太明亮的灯光，他将身体往沙发上一靠，说道："其实，我也能理解至町的处境。"

年轻男人的声音在一片背景音乐当中显得格外清晰："我们当初都是顺利毕业的，就他一个人，只拿到了毕业证，没有拿到学位证。他觉得脸上挂不住，也很正常。"

只拿到了毕业证，没有学位证？

方铛铛朝林阳看去。

这话什么意思？

第五章
你马甲掉了

见方铛铛脸上终于露出了惊讶和好奇,林阳连忙闭嘴,借着喝酒,遮掩住嘴角那点儿意味不明的笑容:"啊?你不知道啊?这个……这个我也没有想到。不过没关系,即便这样,至町他也是我们学校正儿八经的研究生,可不是一般人能够比得上的。"

方铛铛的注意力全然不在他的话上面,她现在脑子全是"周至町没能拿到学位证"这件事情。

究竟是什么原因,让他最终没有拿到学位证?看周至町的样子,也不像是个不在乎学业的人。结合今天林阳的表现,方铛铛敢打赌,如果周至町不在意那个硕士学位证,林阳根本就不会用这个来攻击他。

既然在乎,那么,当初究竟是发生了什么,周至町没能拿到学位证?

她突然有些怏怏的,也说不清楚是为什么,总觉得……周至町不

应该受到这样的对待。

旁边的林阳一直小心打量着方铛铛的脸色,见她不像之前那么开心,轻咳了一声,说道:"这个,我劝你还是不要那么在意。至町这个人吧,长得好看,能力不错,身边女生很多,受欢迎也很正常。虽然你……"

他顿了一下,抱歉地笑了笑:"但他既然能把你带出来,说明还是认可你的。至町脾气不好,要是有地方委屈了你,你告诉我,我帮你。"

他拍了拍方铛铛的肩膀,像个大哥哥一样安慰道:"放宽心。"

那一瞬间,方铛铛全身汗毛都竖了起来!

她下意识地一把推开林阳,猛地站了起来——

周至町正在和偶然间遇上的几个学长交谈,听到不远处传来一阵稀里哗啦的声音,跟着众人一起循声看去,就见角落的沙发旁,方铛铛握紧了双拳站着,沙发上是被淋了一身酒水的林阳!

周至町心里一跳,暗叫一声"要糟",连忙拨开众人,跑了过去。

"怎么了?"周至町一把将方铛铛拉到身后,满脸戒备地看着林阳。

林阳一身狼狈,即便是在这样的情况下,他脸上的表情也没有任何变化。林阳扶着其他人的手站起来,一边拿过纸巾擦着身上的酒水,一边笑着说："没事。"

"他说你脾气不好,让我多跟他沟通!"林阳话音未落,方铛铛就石破天惊来了这么句话。

刹那间,会场诡异地安静了下来。

周至町突然有点儿同情林阳。

方铛铛虽然平时看上去不声不响,但她……会冷不丁变成杀手的。

往常都是别人朝他头上挥刀,现在是刀挥到别人头上了,那个人还是林阳,周至町心情……竟然有点儿好!

会场中这些人都是精英,脑子转得比别人快,当然听明白了方铛铛那句话的潜台词,看向林阳的表情中带了点儿莫名的意味。

这不是正主在场的情况下,挖墙脚挖到大庭广众之下吗?

林阳当然不允许在他的主场上,被人摆这么一道。他冷笑一声说道:"我本来是一片好心,但是好像你误会了。我再怎么样也不可能找个哑巴吧?"

"你说谁哑巴?"方铛铛双颊潮红,瞪着眼睛看着林阳。她这会儿倒是一点儿不结巴了。

林阳愣了一下,终于反应过来,刚才就是方铛铛在说话!

"那你……"他猛地住口,转头看向周至町,冷笑道,"好、好、好!"

周至町在一旁,神情冷漠地看着他,一句话也不打算接。

很明显,林阳是把方铛铛这番动作当成周至町指使的了。

林阳对围观的人摆了摆手:"都是误会,大家继续,继续。"说完便头也不回地离开了。

周至町看着他离开的背影,脸上露出若有若无的嘲讽。

周至町知道,林阳又误会他了,肯定认为今晚这一出是方铛铛跟他提前串通好了,引林阳上钩的。

这就是林阳。

碰到事情,不去反思自己的问题,先把问题推到别人身上。

周至町懒得解释,拉着方铛铛,连招呼都没跟这些人打一个,就朝着宴会厅外面走去。

走了好长一段路,他才放开了拉着方铛铛的手,转过身来问她:"没事吧?他还有没有对你做什么?"

方铛铛摇了摇头。

林阳虽然有挖周至町墙脚的嫌疑,但这到底是他们第一次见面,又是众目睽睽之下,他不会太放肆。

周至町想到这里,偏头问她:"还想逛逛吗?"

方铛铛摇头。

经过林阳闹的这么一出,方铛铛也不想继续待在这儿了。况且,周至町也未必想留。

"那行吧,我们出去吃好吃的。"周至町说着,发动车子,开了出去。

他表面上看上去很平静,像是一点儿都不在乎刚才发生的事情。

方铠铠小心翼翼地打量了一下周至町的脸色,把嘴巴抿了又抿,始终没开口。

倒是周至町看到她这副样子,笑了起来。趁着等红灯的空隙,他说道:"行了,我没生气。跟林阳生气,不值得。"周至町早就过了因为别人的一句话就开始跳脚的年纪了。

方铠铠又抿了抿唇。

周至町叹了口气:"我也大概知道他跟你说了什么。"

方铠铠猛地睁大了眼睛,心想周至町是她肚子里的蛔虫吗?

"行了。"周至町没好气地白了她一眼,"你就差在脸上直接写上你想问什么了。"

他跟林阳十年同学,那十年,他们待在一起的时间比跟父母在一起的时间还多,他对林阳了如指掌。林阳逮着机会要跟方铠铠说什么,他还能不知道吗?

方铠铠瞥了周至町一眼:"那⋯⋯你就没有什么想解释的?"她浑然没有发现自己这话会让人多想,只是说:"当然,我知道事情肯定不是他说的那么简单,你难道就不想申辩吗?"

"申辩什么?"周至町的眉目间,仔细看有点儿心灰意冷,"林阳说的都是事实。"

他的确没有拿到学位证,不管这背后是什么原因,他没有拿到,就是没有拿到。

没什么好说的。

好吧。

方铛铛敏感地发现了周至町的不合作,转移了话题:"那李茉呢?那个叫李茉的女生,是怎么回事?"

这下轮到周至町惊讶了,他猛地一踩刹车,把车子停到路边:"他连这个都跟你说?"

方铛铛怯怯地点了点头。

周至町服气地笑了。

他发现,林阳真是个人才!

林阳即便是不读现在这个专业,在挑拨离间这一道路上,他也能无师自通、取得非凡成就。

这种"无意间说漏嘴,还顾及听者的智商,保证她能听得懂"的水平,可不是一般人能有的!

周至町以前没有谈过恋爱,林阳就是想挑拨离间也找不到机会,现在好不容易有了个方铛铛,他可不赶紧嘛。

"他说李茉是你很好的同学,很好很好的那种。"方铛铛就不明白了,都是同学了,还能如何"很好"?真要很好,难道革命情谊不早该升华一下?

林阳无非就是想告诉方铛铛,李茉是周至町的前任女朋友呗。

"是……"周至町有气无力地回答,"她是我同学,高中的。"

"哦。"方铛铛点了点头,像是突然想起来什么一样,"原来你还早恋啊!你们这些学霸一天到晚哪儿来那么多时间?还有,你高中就开始思考人生大事,也太早了吧!我高中还在追《犬夜叉》呢!"

"你现在难道不追吗……不是,"周至町回过神来,"什么叫我早恋,我什么时候早恋了?"

他高中忙着打球拼高考,哪儿来那么多时间?

林阳的话,的确非常具有导向性。方铛铛也不辩解,只是摊了摊手,表示自己很无辜。

"李茉……是我们高中同学……"周至町艰难地开口。

方铛铛听了,理解地点了点头,接下后面那句:"长得挺好看的吧?"

周至町转头看她。

方铛铛面不改色:"在你们这种学霸的爱情故事里面,女主角不可能是我这种长相平平的无名小卒。"

周至町一下就笑了,心里原本因为林阳升起的阴霾,被方铛铛驱散不少。

他斟酌着字句说:"李茉她……她是长得挺漂亮的,但是我不喜欢她……"他心中一动,说完才意识到刚才这句话算是解释,顿了顿,见方铛铛一副无所谓的样子,不知为什么,他心里有点儿失落。

"她跟我表白过,我当时……拒绝了。结果当天晚上,她就跳楼自杀了。"

这个转折方铛铛无论如何都没有想到,她惊道:"自杀?"

"嗯。"周至町点了点头,"那会儿我们高三,我觉得没有做错,但是没有想到……没有想到,我一拒绝,那个女孩子就毫不犹豫地跳楼了。"

她那么年轻、那么漂亮,本来还有大好前程,全都葬送在周至町那一句话之下。

早知道是这样的结果,他就不拒绝了,又或者等到高考之后。

没能拿到学位证和李茉之死,这两件事情,于周至町而言,很难说哪个更让他难以启齿。但很奇怪,连他自己都没有发现,他可以当着方铛铛的面说起李茉的事情。然而对没能拿到学位证这件事情,他始终开不了口。

方铛铛本来以为要听到一段学霸和校花狗血虐恋情深的校园往事,没想到画风隐约之间有朝着校园奇谭的方向发展的趋势。她连忙把想象从红衣校花、白衣女鬼上拉回来,偏头看着面前的街景:"你认为,是你拒绝了李茉,才导致了她的自杀?"

可如果林阳只是想从周至町那里得到这样的答案,不至于提起李茉啊。

是的……这件事情于周至町而言，如同隐伤，他说与不说，他的女朋友都不可能相信，最终还是会去问林阳，那可不就正中林阳下怀了吗？到时候，这件事情怎么定性，还不是任由林阳说了算？

可事实是，她并不是周至町的女朋友。

方铛铛隐约觉得这件事情不太对："她难道就没有留下个遗书？"

虽说校花自尊心比她们一般女孩子强许多，一般都是她拒绝别人，少有别人拒绝她的，但好歹是校花，一路过来也拒绝过不少人，就当是"天道好轮回"，被拒绝一下，也不至于跳楼吧？

即使她少年时代有中二病，但也不会把生命这么当玩笑。所以，肯定还有其他原因。

周至町苦笑了一下："没有。不过，后来我听说，那段时间她父母感情出了问题，在她跟我表白之前，她妈妈刚刚跳楼自杀，我……"

他不知道李茉妈妈自杀，直接拒绝了她。

李茉也许只是想抓住最后一根稻草，证明还有人愿意爱她，但她没有想到，这一切跟她想的不一样。

方铛铛沉默了。

这件事情，很难去评判谁对谁错，某种程度上来说，周至町也是受害者，看得出来，他一直很自责。

方铛铛总觉得这件事情有点儿不对劲，但究竟不对在哪里，她也

说不上来。她想了想,说:"你跟李茉很熟?"

"还好吧。"周至町回忆了一下,"我中学的时候,没有特别熟悉的女孩子。我那会儿天天忙着追球星,哪里来的时间早恋。"

方铛铛道:"为什么我觉得是你认为自己太受欢迎,跟谁熟悉了都会伤害其他女孩子的心,于是干脆和谁都不熟呢?"

周至町被方铛铛一句话戳穿,难得有点儿尴尬,悻悻地摸了摸鼻子,小声跟她说:"知道就好,知道就好。"

方铛铛毫不意外,单纯只是想吐槽:"林阳这么关注你,恨不得把你复制粘贴到他身上,不知道的人还以为他喜欢你呢。"

宴会厅里被质疑的林阳莫名其妙地打了个喷嚏。

车内的周至町连忙抬手表示自己的清白:"我是钢管直男。"

方铛铛看出来了。

被她这么一说,周至町也觉得有点儿好笑,一边重新发动车子,一边说道:"林阳这个人啊,最喜欢搞什么'万花丛中过,片叶不沾身'了,他喜欢我……"

这玩笑开得有点儿大。

方铛铛今天差不多提前完成了本季度的说话量,一时之间有点儿不习惯。她靠在副驾驶座位上面,有一下没一下地拨弄着车子驾驶台上的空调叶片,随口说道:"林阳跟你很熟吧?"

周至町嘴上不说,但方铛铛看得出来,他依然耿耿于怀。虽然不知道他究竟介意什么,但如果不是什么重要的人,也不会介怀这么久吧?

周至町没有否认,方铛铛像是突然想到了什么一样,猛地抬起头来看向他:"当年送你贺弯弯素描的人,该不会就是林阳吧?"

除了他,周至町还会把谁的东西放那么久?除了他,周至町还会对谁想恨又怕脏了手?

"不是。"周至町想也没想地就否认,"怎么可能是他。"

"那是谁?"方铛铛目光灼灼地盯着他,"你大学还有其他好朋友?这个一打听就能问到吧?"她说着要拉开车门下去:"你不告诉我算了,我下车回去自己去问。"

眼见她真要拉开车门下去,周至町吓了一跳,连忙一把将她拽回来,仗着自己手大,将她的手腕抓在手中,不许她动:"你能不能不要那么冲动?"车正开着就要跳下去,真不想活了吗?

方铛铛挣了两下,没能把手腕从周至町手中挣脱出来,她干脆放弃,瞪着眼睛看着他,一副他不说就还要跳车的架势。

周至町趁着红灯转过头来一看,正好就看到她这副样子,当即"跪"下了:"行行行,跟你说,跟你说。"

"嗯……"他准备了一下,承认方铛铛说的是对的,"你说得对,林阳就是那个人。"

方铛铛猛地睁大了眼睛。

果然!

她就说嘛。

林阳那个人,一看就满肚子都是坏心眼,不是他还能有谁!

方铛铛没有意识到她这样的猜测毫无依据,只认为自己目光如炬。

眼见她激动起来,周至町接下来的一句话让她瞬间恢复了平静。只听他补充道:"不过你知道也没什么用。"

方铛铛下意识反驳:"怎么没用了?"

周至町瞥了她一眼:"你知道了又能怎么样?难不成你还打算把林阳打一顿?"

方铛铛回过神来,立刻抿住了唇。

是啊,她知道了又能怎么样呢?

林阳当初刺激得贺弯弯要自杀,且不说时间过去这么久了,好多证据都已经湮灭,就算是那件事情发生在现在,也很难取证,指望通过正当途径让林阳受到惩罚,还不如指望他这样的人受到良心的谴责。

反正都不可能。

"那……"方铛铛悻悻地说,"打一顿怎么够,像他这样的人,要被打好多顿。"

要打好多顿,才能偿还贺弯弯这些年来受的苦。

周至町没有说话,方铛铛也知道她刚才那句话不过是玩笑罢了。如果真的找人打了林阳,到时候他没什么,方铛铛自己倒要有什么了。

"可是,那也不能任由他这样啊!"方铛铛不甘心,"他做了那么多坏事,就……就这样了?"

周至町看了她一眼,脸上的表情写着:要不然呢?

除了就这样,还能怎样?

是。

听上去很不公平,他们这些受害者,除了期望林阳有朝一日良心发现、备受谴责之外没有任何办法,可又能怎么办呢?

他们本来就没有任何办法。

一想到这个,方铛铛就格外"丧"。她找了那么久伤害贺弯弯的罪魁祸首,却从来没有想过,把人找到了该怎么办。如今人就在她面前,她却什么都不能做。

方铛铛心情不好,连带着晚上的直播也不想准备了。她翻到 APP 上自己的后台,留了一句话,算是请了假,就把自己摊开在副驾驶座位上,打算看淡生死。

然而她还没来得及把脸上的表情摆好,周至町就一个急刹车,让她的表情直接移了位。

方铛铛转头朝他怒目而视。

周至町跟没有看到一样,眼睛盯着她不小心丢到大腿上的手机。方铛铛顺着他的目光看下来,视线最后落到自己大腿上,连忙一把将衣服拉了下来，盖住了自己雪白的大腿。

周至町有点儿不敢相信："你是'失语游民'？"

马甲被人当场戳穿，方铛铛顿时心虚。她挺直了身板，喝问他："关你什么事！"

凭周至町对方铛铛的了解，但凡她摆出了这副表情，那就说明他刚才说的，多半是对的。

虽然他只是无意间一瞥，没能看得真切，但并不妨碍他认得出那个头像。

陪了他这么久的阿婆主，他哪会认不出来？

一直以来朝思暮想的女神就在面前，周至町将他和方铛铛相识以来发生的所有事情在脑中梳理了一遍，依然有点儿难以接受。

方铛铛，社恐死宅还暴力，动不动就打他，经常性无视他的盛世美颜，这样的一个人，怎么可能是他每天晚上听着直播入睡的那个阿婆主呢？

虽然他不打算用另一半的标准来要求"失语游民"，但起码才和貌总得有一样能让他心甘情愿地掏钱吧？

现在事实告诉他，他掏钱的对象就是方铛铛。方铛铛用自己掏的钱生活，还动不动殴打他……周至町深吸一口气，将头靠在了方向盘上，打算用这种姿势对抗这个玄幻的世界。

方铛铛看着他脸上的表情变了又变，一巴掌拍在周至町的肩膀上:"干吗?你对我有什么不满意吗?"

"没有。"周至町气若游丝地回答,"就是……打算'粉转路'了。"

方铛铛顿时接不下去了。

她刚才什么也没干啊!

周至町面对这个大型追星梦碎现场调整了一下心情,但没完全调整好,闷闷不乐地载着方铛铛朝住处开去。

方铛铛一定不是"失语游民",他坚决不承认!

自从校庆典礼回来之后,周至町可能从他们学校感染了什么未知病毒,方铛铛觉得他整个人都不太对劲。

就比如现在,周至町一看到她,眼神就变得十分古怪。长久以来,被数学不及格支配的恐惧感再一次袭上方铛铛的心头,可她思来想去,都没有发现自己做了什么跟数学不及格相关的事情。

她想要问周至町究竟什么事。周至町看了她一眼,又唉声叹气地低下了头。

方铛铛决定不问了。

不仅是方铛铛意识到周至町不对了,就连于飞也感觉到了。

于飞这天早上刚到公司,就看到周至町满脸严肃地坐在办公桌后面,看上去非常像个正常人,他心里立刻就咯噔一下,连忙过去,一把揽住了周至町:"你怎么了?林阳那小子当众泼你硫酸了吗?"

周至町抬眼看向他:"于是就毁容成你这样了吗?"

好吧,还是原来的配方,还是熟悉的味道。对自己长相依然这么自信,说明他没多大事。

于飞自作多情了一把,顿时觉得非常没劲,坐到沙发上,随便撕开了一包零食,边吃边说:"我还以为你被林阳打击得不想做人了,打算删号重来呢。"

周至町看了他一眼,用眼神明晃晃地告诉他:怎么可能!

"也对。林阳无非就是冲你显摆,他找了个多么好多么好的女朋友,又做了个多么成功多么成功的项目。这些事情你也不是办不到,没必要跟他计较这个。"于飞简单地点评了一下林阳,"说到底,这些行为跟论坛上经常爱显摆的大妈们没有什么区别,可大家只喜欢把矛头对准大妈,忘了还有这样的社会精英,对大妈真不公平。"

他为大妈抱不平,顺便把那包薯片咔嚓咔嚓吃完了,扯了张纸,一边擦手一边看向周至町:"所以,是因为什么呢?"

是因为什么……

这件事情说起来还真有点儿一言难尽。

周至町肯定不能告诉于飞,一直陪伴他的人就住在他隔壁,虽然他没有幻想过人具体啥样,但也万万想不到会是方铛铛那样的。

他也不是嫌弃方铛铛,就是……就是突然之间,消化不了。

一旦跟方铛铛扯上关系，他连"失语游民"是他女神都不想承认了。尤其是方铛铛动不动还打他！

对，一定是因为方铛铛动不动打他，这才让他难以接受的。

周至町连续几天情绪都不太好，见到方铛铛也都是以躲为上，弄得方铛铛感觉有社恐的那个人不是她而是周至町才对。

周至町情绪持续不佳，连带着他身边的人也受到了影响。

不愧是跟他臭味相投的发小，于飞得知这件事情之后第一个反应就是，以害怕他受的打击太大，一时想不开为由，拎了两箱酒，蹭着周至町的车子，跟他一起回了家。

周至町装作不知道于飞因为今天限号，车子没开出来，又不想挤地铁，才找了这么个破借口。

他们两个有很长一段时间没有在一起喝过酒了，周至町不会介意家里突然多个人。两人刚刚创业那会儿也不是没在一起住过，没道理现在突然见外起来。

再说了，于飞也不是他能撵走的人。

他们两个找到昨天晚上没有来得及看的球赛，一人开了瓶啤酒，周至町家连个下酒菜都没有，只能暂时先喝着，等着外卖送上门来。

两个单身男人在一起，讨论的无非是那些事情。工作上的事早在办公室就说完了，感情上他们也没什么可说的，前不久周至町刚刚见

了林阳，话题基本上是不可避免地扯到了林阳身上。

"你真打算就这么放过他？"

听到于飞这么说，周至町笑了一下："那你说我能怎么办？"

他深深吸了口气："你这话说得好像我能把他怎么着一样。当初……那只是我的猜测，找不到证据，况且时间过去这么久了，再去追究也没什么意义。"

周至町这话说完，一抬头就看到于飞一脸若有所思地看着他，眼神非常炽热，好像周至町是锦鲤，只要转发他的裸照，就能立刻实现于飞三年抱俩的愿望。

周至町摸了摸自己的脸："没想到我们两人在一起这么久，你依然对我的盛世美颜没有任何抵抗力。"

于飞连忙说："不是，我只是突然发现，原来面对林阳时，你是个圣父。"他又想了想，觉得不甘心："那你平常为什么对我那么苛刻？说好的青梅竹马呢？嘤嘤嘤，你变心了……"

周至町被他嘤得虎躯一震，连忙制止："'儿子'，'爸爸'那是对你严厉，希望你能成才。没听说过'棍棒底下出孝子'吗？"

"滚！"于飞的撒娇被周至町一句话治好，他拎起酒瓶喝了一口，"想让他受到法律制裁当然是不可能的，但是……你就没有考虑过其他的方法？"

人非圣贤，孰能无过？况且林阳本身就是个筛子，上面到处是孔，真要对付他，应该很容易。

周至町笑了一下："哪能呢，我不是还有更重要的事情要做吗，怎么能一直放任自己跟他计较？不值得。"

于飞盯着他半响，饶是周至町脸皮厚，也被他看得有些不自在："你……"

他话才起了个头，于飞就拎着酒瓶跟他碰了一下："你这人啊，孤高自诩，什么时候这毛病好了，你的事业大概能再上一个台阶。"

周至町一听就笑了。不愧是跟他从小长到大的好朋友，连他这一点都看得出来。

周至町真的是每天忙到脚不沾地，连那么大的耻辱和冤枉都能忍下来吗？

不是的。

他有千万种方法报复林阳，可他一种都不想用。

报复了，那他跟林阳又有什么区别？就算用了更多的方法，把林阳踩得再低，都不能证明他当初的清白。他针对林阳，又不是为了泄私愤，要真想洗刷当初的冤枉，他也要用正大光明的方式，叫每个人都看到他的清白。

于飞跟林阳也是高中同学，他对林阳还算了解："林阳那小子，就是摸清了你的脾性，故意这么做的呢。"

林阳知道周至町不屑还击，利用他的清高，把他牵制住。

"那句话怎么说的?"于飞想了想,"'卑鄙是卑鄙者的通行证',这话不假。"

话音刚落,门铃就响了。于飞等了这么久,终于等到了麻辣小龙虾,顿时顾不上跟周至町发感慨了,嘴里说着"我去我去",趿拉着拖鞋,朝门口跑去。

周至町在背后看着于飞的背影,有点儿庆幸。

幸好于飞没有继续说,要不然他还真不知道怎么接。

周至町本身也不是什么高尚的人,只是自认为还算有底线,若是沦落到跟林阳这样的人比谁更不要脸,那才是被比了下去。

他转过身,就着三十四楼的夜风喝了口酒。

"来来来,快进来,快进来。"于飞招呼着人进来。

周至町一听他居然还把外卖小哥请进来了,不知道他又在发什么疯。转过头一看,周至町顿时被呛住了。

他看着抱紧了超市购物袋一脸茫然的方铛铛:"咳咳,怎么是你?"

"去去去,瞧你这话说的,人家不能过来是吧?"不等方铛铛说话,于飞就把周至町给骂了回去。

说完,于飞立刻又觍着一张脸,冲方铛铛笑道:"来来来,这里坐这里坐。"

方铛铛又把从超市买来的一袋子东西朝胸口抱紧些。

她从超市回来,想到周至町这几天都不太对劲,打算过来问问——没想到,门一开,就遇到这么个人。

于飞长得不丑,和总是一脸"老子天下第一帅"的周至町相比,他可要平易近人多了,公司里的那些下属,宁愿去跟他汇报工作,也不愿意被周至町埋汰。但现在,方铛铛宁愿选择周至町那张"晚娘脸",也不想面对这个人。

他他他……他殷勤得实在叫人有点儿害怕。

于飞像是没有看到一样,对方铛铛说道:"邻居是吧?邻居好邻居好,远亲不如近邻,邻居就要多走动。哎哟!"他目光落到方铛铛胸前那个购物袋上面:"周至町,你看看人家,知道你过得不像话,还专门给你买了东西。这么好的邻居上哪儿找!"

他说着,就把购物袋从方铛铛那儿接过来。

方铛铛说:"不是……"

于飞一边翻东西,一边说:"来,让我看看邻居给你买什么了。哦哟,牛奶!还是大盒的,会过日子!酸奶,酸奶好酸奶好,助消化……周至町你看看人家,人家多会过……这是什么?进口薯片……可以,可以,很休闲了,适合周末宅家里……还有方便土豆泥……方便面、方便粉丝、方便饭、加长夜用420……"

于飞声音越来越小,最终悻悻地抬起头来,看向面前的周至町和

方铛铛："嘿嘿嘿，手欠，手欠！"他说着，打了自己"爪子"一下。

周至町走过去，一把将购物袋从于飞怀中拖过来，塞到方铛铛怀里，推着她的肩膀让她往外走："有什么事情等下再说。"

他要先把于飞这个贱人处理了。

"哎，别走啊，来都来了，怎么不说说话就走呢。你……"于飞正要把方铛铛拉住，周至町看也不看，一巴掌拍在于飞肩膀上，硬是让于飞疼得退了回去。

方铛铛被周至町急急忙忙地送出去，没等她站稳，周至町家的大门就猛地关上了。

方铛铛抱着超市购物袋，一脸茫然地站在门口。

刚刚，发生了什么？

屋内，周至町把门一关，转头看向于飞，用眼神问他：你想干吗？

于飞从容地在沙发上调整了个姿势："我听冯晓说，他那天是把你送到了你女朋友手上。我还想起，某个人有天晚上专门发微信来问我可不可以男扮女装……"他猛地压低了声音，轻喝一声："周至町，你什么时候多了个女朋友？你那天又从哪里找了个女伴？从实招来！"

"招什么招？起开！"周至町坐在旁边教育他，"于飞，我劝你脑子里别想的都是些男男女女的事情，我们的公司现在才刚刚起步，你要殚精竭虑，好好搞事业，当自己的'事业粉'不好吗？你还非得双担，妄图当我的'爸爸粉'，你看看你是爸爸粉的样子吗？"

"我是。"于飞诚恳地说，"但我觉得，就算我是爸爸粉跟我当事业粉也不冲突。我们拉回到隔壁那妹子身上。"

"拉什么拉！"

"哎，周至町你这就不对了，我当初恋爱的时候每一次都跟你说，现在你谈恋爱了，却捂得严严实实。二十几年的感情你说丢就丢，良心呢，周至町？"

"'爸爸'良心一直在！再说了，于飞，你那些酸不溜丢的风花雪月，什么被人用灭火器喷灭了表白用的心形蜡烛，什么在系花对面寝室亮个'我爱你'的灯，什么给高中艺术班上的女生传字条，等等，一系列糗事，我都没有让你告诉我吧，有个人每次谈了恋爱都忍不住跟我借钱讨好妹子，完了还跟我臭显摆，都是你主动说的，我可从来没有问过好吧？咱俩不一样的好吧？"

"哎！这就对了！"于飞猛地一拍大腿，"周至町，你还是承认你恋爱了对吧？"

周至町一愣。

于飞跟抓住了什么了不得的把柄一样，指着他幸灾乐祸地笑起来："哈哈哈……可让我逮住了。你是没有让我告诉你，我现

在问了,你就不能跟我说说咱俩谈恋爱有什么不一样吗?"

周至町说:"不能!没有!说不出来!"

于飞坏笑:"'爸爸',究竟是'没有',还是'不能'啊?它们没区别的。"

周至町语塞。

百密一疏,说秃噜嘴了!

第六章
养纸片人都不养我！

虽然于飞讨嫌，但是周至町不得不承认，正是因为有了于飞的瞎起哄，他的心里，终于没有了那种怪异感。

于飞走后，他一个人躺在床上，迎着一步一步爬上来的太阳，怔怔地想，好像，承认喜欢上方铛铛，也不是什么不能接受的事情。

一旦想清楚了这件事，周至町瞬间不拧巴了。他猛地从床上起来，脸上露出一个邪魅的笑容——哼哼，等着吧，小东西，你逃不出我手掌心的！

想完，周至町自己就打了个寒噤。

"阿嚏！"方铛铛揉了揉鼻子，看了一眼大大开着的窗户，将手办初音放进她做好的小被子里面，仔仔细细地给它盖上被子，对它说道："好好睡觉哦，'麻麻'去给你关窗户。"

她将屋子里的这群"孩子"安顿好了，提着袋子就要出门。刚开门，隔壁的门也打开了。周至町人模狗样地出现在她面前，她看了他一眼，冲他点了点头，就进了电梯。

换了新衣服、梳了头发、喷了香水的周至町令人眼前一亮。

他今天如此闪亮，方铛铛这丫头就看不到吗？

周至町不肯罢休，跟着方铛铛一起进了电梯，看了一眼她手上的环保袋："去超市啊？"

方铛铛又看了他一眼，不是很懂周至町今天的路数。

她不去超市，拎这么个袋子干什么？

周至町换了个站姿，更方便他展示大长腿："我陪你吧。"

虽然周至町没有谈过恋爱，但陪伴是最长情的告白。他既然决定喜欢方铛铛了，那就要尽可能多花时间陪她。

方铛铛说："不用了。"

周至町那么聒噪，她才不想带只"麻雀"跟着自己一路上喳喳喳呢。

满心欢喜等着她答应的周至町终于忍不住了。

"不是，方铛铛，"他站直了身体，看向方铛铛，"你今天就没有发现我有什么地方不一样吗？"

方铛铛终于抬起她那双有些呆滞的眼睛，看向周至町。

周至町挑了挑眉，眼中全是得意。

方铛铛看着他:"你今天……"

嗯?

周至町挑眉。

是不是很帅?

是不是帅到了她的心里?

他就说,只要他出马,方铛铛这丫头一定逃不出他手掌心的!

他心里越发高兴,但脸上神色越发高冷。

"要去当伴郎?"方铛铛满脸疑惑地看着他。他今天这身行头,非常适合当伴郎。

"噗!"酝酿了很久情绪的周至町没有想到她居然来这么一句,气急败坏地说,"你那什么眼神!我去当伴郎,哪用穿这么好看,有哪个新郎官可以敌过我的盛世美颜!"

他才是人群中最靓的那个仔好吧?哪个新郎官敢请他当伴郎?

方铛铛对周至町的自信已经麻木了,连槽都不想吐,只是抬起眼皮看了他一眼,希望他能好好体会这个眼神。

周至町对她这个眼神不置可否,他闷着生了一会儿气,决定还是原谅方铛铛这个无知少女,毕竟像方铛铛这样的,一看就知道没有被人追求过。他宽宏大量,不跟方铛铛一般见识。

好歹费心收拾了一早上,周至町不想浪费,两人从超市回来,周至町站在方铛铛家门口不肯走。

"给我吧。"方铛铛伸手要把袋子接过来。

然而她的手伸出去半晌，都没有等到周至町将袋子交给她。

方铛铛不知道此人又在发什么疯，抬起眼睛看了他一眼。

只见周至町将身体靠在墙上，对她露出一个非常具有杀伤力的笑容："不请我进去坐坐？"

要进去坐坐就坐坐呗，他笑得这么不怀好意干什么？

方铛铛引着周至町到家里坐下，他心里藏着事情，一坐下就开始摸东摸西。毕竟第一次主动亲近女孩子，周至町有点儿紧张，尤其这个女孩子还是方铛铛这种非典型性的。

他轻咳一声，努力将内心那点儿紧张压下去，免得让自己显得非常上不得台面："方铛铛，我有点儿好奇。"

方铛铛转过头来看他。

她目光坦荡，一双眼睛圆溜溜的，天真纯净得好像一只小狗一样。

周至町看着她那样子，不知道怎的就觉得后面的话有点儿说不下去。他又轻咳了一声，连忙低下头，不看她的眼睛："你那么讨厌林阳，单纯只是因为他对不起贺弯弯吗？"

"什么意思？"方铛铛一头雾水，"不是因为贺弯弯，还是因为什么？"

"我听说……"周至町斟酌着字句，努力让自己看上去像个正人君子，"有些女孩子会有移情的情况……"

还需要什么结果……周至町心里更酸了。方铛铛居然被那个人伤害到这种程度了吗？喜欢一场，连个结果都不肯要。那个人真是太坏了！

连影子都没有，周至町就已经在心里竖起了一个靶子。他的心情转眼从心酸变成了愤恨和怜惜，恨不得立刻化身拳击手，把那个人打个鼻青脸肿，好帮方铛铛报了感情错付的仇。

方铛铛眼睁睁地看着周至町目光从哀怨变成怜惜，一脑门疑问地看着他："你昨天晚上跟你那个朋友发生了什么？"

如果不是他们之间发生了什么，方铛铛实在想不到，是什么把周至町刺激成这样。

两个长相都不俗的男人，肩宽腿长，"竹马竹马"，一起创业，现在还有了嫌隙……光是听这些要点，就足够让人脑补剧情了。

"十宅九腐"，方铛铛正好是那九个中的一个。如今身边正好有两个，眼看就要朝着虐恋情深的方向发展，她看周至町的目光，充满了感慨和怜爱。

周至町看到方铛铛眼神又变了，心里对她怜惜之情更浓。她一定是因为受了情伤，才这么不爱跟人接触的吧？

方铛铛看到周至町的眼神又变了，心里对他怜惜之情更浓。周至町都这么不容易了，她以后再也不打他了。

周至町想："她真是太不容易了！"

方铛铛想:"他真是太不容易了!"

周至町放柔了声音,神情前所未有地温柔,问方铛铛:"可以说说吗?"

他的声音低沉又浑厚,跟平常玩闹时候的清朗一点儿都不同。那声音正好在方铛铛耳边,让她全身上下都不自觉地竖起了汗毛,连脊梁骨都忍不住颤抖了几下。

周至町一定是因为跟他那个朋友起了冲突,所以才想要在其他地方找同病相怜的人,要不然,他平常那么飞扬跋扈的一个人,情绪怎么会如此低沉?

方铛铛不好跟他说得太热烈、高兴,生怕把周至町惹伤心了,到时候他一个大男人当着自己的面哭,自己可不会安慰他。于是,方铛铛只能尽量委婉:"其实……也没有什么,我喜欢是我的事情,他不一定要回应的,况且,喜欢他的人那么多,他也不可能一一回应。"

看来还是个万人迷。
周至町更酸了。

方铛铛看到周至町的脸色变得更难看了,小心翼翼地看了他一眼,斟酌着字句说道:"我只要每天晚上能抱着睡就行了。他知不知道,无所谓。"

"谁?你说什么?你晚上要抱着谁睡?"周至町一把抓住她的手腕,怎么感觉好像事情跟他想象的有点儿不一样。

"我喜欢的人啊。"方铛铛一头雾水。他们不是在谈论感情问题吗?

周至町终于抓住了重点:"你喜欢的人是谁?"

"卡缪、杀生丸和佐为。"方铛铛一把拿来放在另一侧沙发上的巨大人形抱枕,抱在怀里,给周至町看,"我天天晚上就抱着它们睡觉的。"

周至町出离愤怒了:"方铛铛你还说你喜欢它们,你怎么不跟它们结婚呢?"

"那不是不行嘛。还有,我喜欢的人那么多,我难道跟它们所有人都结婚吗?"方铛铛莫名其妙地看向他,"周至町,你究竟在生什么气?"

周至町也不知道他在生什么气,他就是感觉心里好像有什么东西堵得慌,刚才的感情完全被浪费了。周至町觉得自己被愚弄了一番。

至于愚弄他的人是方铛铛还是他自己,周至町不准备去细想。

他烦躁地在客厅里走了几步,终于想起要说什么:"方铛铛,你就这么喜欢它们吗?"

一群动漫人物,她这么用心?

"不喜欢它们我该去喜欢谁?"方铛铛莫名其妙地问。

"喜欢我！你应该喜欢我！"

周至町在心里大喊。

他周至町，人品出众，能力非凡，年轻有为，长得好看，还没有秃头，当然，更没有胖，方铛铛喜欢他简直是理所应当的事情！

然而，他硬生生地憋住了。

这句呐喊被他咬在舌尖，又被他自己吞了下去。

他看向方铛铛："你喜欢它们什么？"他的潜台词是喜欢到连自己这个大帅哥都视若无睹。

方铛铛掰着手指给他数："人品出众，能力非凡，年轻有为，长得好看，没有秃头，更没有胖。哦，"她想起来："还有特异功能。"

她说一个词，周至町就感觉自己膝盖中了一箭，等到她说完，周至町感觉他都快站不稳了。

她对几个纸片人如此情深意重，周至町实在不想多说什么。他一分钟都不愿意继续留在这儿了，转身就要出去。

方铛铛见他要走，连忙叫住他："周至町！"

他回头，心想："还记得叫住我，看样子没有太丧心病狂。"这么一想，连带着脸上不爽的神色也轻松了许多。

只见方铛铛嗒嗒嗒地跑过来，举起那个人形抱枕对周至町说道："其实你也可以像我这样，做个人形抱枕，以解相思。"

虽然不能陪在他的好朋友身边，但这样心里多少有点儿安慰。

方铛铛十分认真地看着周至町。周至町将她从头到脚地打量了一番，想到他要把方铛铛做成人形抱枕抱在怀里，脸上就一红。

然而当他看到"杀生丸"脸上明显的口水印子时，脸色由红变青，额头青筋暴跳了两下，一把推开方铛铛的手："你以为谁都跟你一样？"

周至町转身就走。

这地方没法待了！

方铛铛看着周至町的背影，沉沉地叹了口气。

周至町真是太可怜了，感情得不到宣泄，还变态了。

方铛铛这个少女，实在是没眼光。

周至町端详着镜子里他那张堪称清秀的脸，愤愤不平地想。自己这么一个肩宽腿长的大帅哥站在她面前，她居然不识好歹，还要去喜欢几个纸片人。纸片人是什么？不但不能像自己这样能给她钱花，反而还要花她的钱，还是二次元的，怎么能跟自己比？

一想到方铛铛用他的钱去养纸片人，还把纸片人当成老公，周至町就有一种莫名的酸涩感。

他想了想，把自己的微信名字改成了"周大郎"。

改完之后，周至町非但没有觉得心里好受一点儿，而且更加酸了。

瞧瞧，他大小算个精英，好歹是个男神，现在要跟历史上某个著名大郎一样了，叫他如何不心酸？

周至町越想越觉得心里不舒服，门外传来吧嗒的开门声，他浑身一震，连忙冲出去，一把推开了自家房门。

方铛铛拿着垃圾站在门口，一脸莫名其妙地看着他。

周至町猛地意识到自己反应过激了，连忙站直了身体，轻咳了一声，装模作样地跟她说："那个，我就是看看。就看看，没有其他意思。"

说完就关上了门。

方铛铛奇怪地看着他，他看看就看看呗，自己什么都没有说啊。

方铛铛认为周至町受到的刺激太大了，无奈地叹了口气，正打算关门回家，却见隔壁的门又开了。

周至町站在门内，探出了半个身体，顺便还将自己半张脸隐藏在了门后。

他轻咳一声，问方铛铛："除了你那几个纸片人，你还喜欢谁？"

还喜欢谁？

方铛铛先是愣了一下，随即放下垃圾袋，兴高采烈地开始数："多着呢，须王环、云雀弥恭、平和岛……"

"我的意思是，"周至町忍无可忍地打断她的话，咬牙切齿地说道，"除了纸片人！"

"哦。那没有了。"方铛铛抬头看向他，"怎么了？"

周至町的脸瞬间耷拉下来："没什么。"说完，就飞快地关上了门。

门后面，他阴沉着一张脸，没好气地瞥了一眼隔壁的方向，愤懑地想："方铛铛还真是一个不招人喜欢的姑娘！"

白疼她了！

周至町阴阳怪气也不是一天两天了，他突然不理会方铛铛，方铛铛也没觉得有什么不对。反正这种事情发生在周至町身上再正常不过了，她没必要过于关注他。

方铛铛这番心理状态幸好周至町不知道，要不然他又要暴跳加抑郁了。

当然，方铛铛没空关注周至町，一方面是觉得没必要，另一方面则是……距离她跟方妈打赌已经过去很长一段时间了，她依然没有要出去的意思，方妈不得不再一次上门，打算把方铛铛赶出门去。

"你说你啊，"方妈看着她橱窗里多出来的那几个塑料小人，"又趁着我不在，买了多少东西啊？方铛铛，你把钱这么乱用，我看你是真不打算好好过日子了！"

方铛铛一见到她妈就格外委屈，鼓着脸，低着头吭哧吭哧："我没有……"她既不喜欢买衣服也不喜欢吃吃吃，唯一的爱好就是二次元,在能力范围内花点儿钱怎么了?

方妈最讨厌方铛铛玩手办,自然也听不得她的辩解,抬起手打断她:"行了行了,我就知道,手段太温柔,对你是没用的。我早就该听你爸的话,来个釜底抽薪,而不是给你留什么情面。"

方妈说着就简单粗暴地将橱窗里的手办一抓,全都扔到垃圾桶里:"你这些小孩子的玩意一个也别留了,我扔了。"

"不——不行——"方铛铛一听要扔她的手办,就跟要抢了她饭碗一样,连忙将垃圾桶抢过来,藏在身后。

方妈冷酷无情地说道:"把垃圾桶给我。"

方铛铛斩钉截铁地拒绝:"不!"

"行。"方妈见跟她说没有效果,干脆把门一开,直接将手中的几个小人扔了出去。

她这一扔不要紧,正好扔在下班回来在方铛铛家门口张望的周至町身上。

他慌里慌张地把那几个小人儿捧在怀里:"哎哎哎……"小人儿"跳"了好几下,总算是没有从他手中掉下来。

周至町安顿好他的"情敌",抬头一看,就见方铛铛家里多了个中年妇女,那名妇女正在跟方铛铛对峙,连门外的自己都没顾得上。

那个中年女人,周至町认得,是方铛铛的妈妈。她现在正满脸怒气地看着对面的方铛铛。而方铛铛低着头,鼓着脸,满脸委屈,如果头顶有耳朵,她那双耳朵肯定已经耷拉下来了。

方妈吼道:"方铛铛,我怎么跟你说的?叫你出去,叫你出去,你不出去接触人就算了,这么大的人了,还天天玩塑料小人儿,你什么时候才能长大?"

方铛铛委屈地抽抽搭搭:"我……我没有……"

她那副委屈劲,看得周至町想笑。

周至町幸灾乐祸地笑完,看着方铛铛这么可怜,又于心不忍,到底是自己喜欢的人,他还是决定大发慈悲,解救方铛铛一把。

他整了整衣服,人模狗样地敲了敲门:"铛铛。"

方铛铛猛地抬头,就看到周至町站在门口,含笑看着她。

不知道是不是她现在眼睛里有泪水,她感觉此刻的周至町看上去有点儿帅。

方妈也看到了他,用眼神询问了一下方铛铛,可惜方铛铛正沉浸在失去手办的悲伤中,看不到她妈递来的眼神。

方妈一看她那样子,就无奈地转过脸来。周至町对自己这个"中老年妇女心头宝"的身份非常清楚,不需要方妈说,他连忙自我介绍:"伯母,我姓周,住方铛铛隔壁。我们上次见过,您还记得吗?"

对于这么一个精神、帅气的小伙子,一般人印象都比较深刻,况且方妈跟他还谈过话。方妈连忙点头:"记得记得,你进来坐坐?"

周至町也不客气,当即换了鞋子进来。他将刚才击中他的那几个手办放在玄关处的鞋柜上，进来跟方妈点了点头："有段时间不见了，您看上去精神还这么好。"

方妈有点儿尴尬地笑了笑，直觉是自己刚才骂方铛铛的话被周至町听去了，脸上有点儿挂不住。眼见周至町自顾自地坐了下来，方妈对方铛铛使了个眼色，意思就是：赶紧去厨房端杯水出来。

然而，方铛铛眼睛还停在周至町拿回来的那几个手办上舍不得离开。她现在满脑子都是"这个手办磕破了脸""那个手办衣角好像破了一块""那个手有点儿不对劲，没事吧"之类循环播放的弹幕，整个人跟装了屏蔽仪一样，根本就接收不到她妈的眼神信息，又惹来方妈好大一个白眼。

周至町看得心疼。唉，方铛铛这个傻妞，真不会看人眼色。

他对方妈摆出一副精明的面孔，说道："伯母坐。"

方妈支使不动方铛铛，一转头正好看到周至町摆出一副懂事的笑脸，顿时更觉得方铛铛不成器了。

她坐到周至町身边，一时半会儿也顾不上周至町话里有哪儿不对，抱歉地跟他笑了笑："真是不好意思……方铛铛这个性格……唉！"

她说着就叹了口气，好像方铛铛是什么上不得台面的人一样。方铛铛站在一旁，眼睛里的惊惶更多了。

周至町心有所感，脸上却一点儿没显露，对方妈说："她挺好的，性格温和，也没有什么攻击性，人畜无害。"

方妈听到这话，依然叹了口气。

在她眼中，方铛铛纵然有千好万好，但不喜欢出去交际这一点，就足以抹杀她所有的优点。

周至町说道："而且方铛铛现在也变了很多。"他颇有心机地透露："上次她还跟我一起去了我们学校的校庆典礼呢。"

校庆典礼这种场合，又是一对青年男女，如果不是关系匪浅，为什么要去？

想他周至町，人帅个儿高前途好，能说会道人品强，从高中开始就是丈母娘心中的优质女婿人选。方铛铛不喜欢他，那是她眼瞎，是她不懂欣赏，但这些久经世事的中老年妇女怎么可能看不出他的好？

他都把话递到这儿了，他不信方妈会不多想。

多想就多想吧，先搞定了方铛铛的妈，方铛铛就手到擒来。

周至町憋住坏笑，准备好迎接方妈查户口般的询问。

方妈听到周至町这么说，果然惊讶了。

"什么？"她看向方铛铛，"你还跟这位……"

周至町适时在旁边提醒："姓周。"

"这位周先生一起去他校庆典礼了？"方妈不是很相信，"你不是一向都不出门的吗？"

方铛铛一想到校庆典礼背后那十个手办，直觉如果说出来后果肯定更糟，连忙将求救的眼神投向周至町。

周至町立刻会意,连忙给了她一个安抚的眼神,见缝插针地说道:"阿姨,叫我小周就好。"

"伯母"变"阿姨","周先生"变"小周",方妈浑然未觉。她转过头来看向周至町,只听他说道:"是,铛铛她开始一点儿一点儿学着跟人接触。她性格是比较内向,但跟人交流没问题。慢慢来嘛,总有变好的时候。"

周至町的话,缓解了方妈一部分焦虑,她笑了一下:"可真是给你添麻烦了。"既然方铛铛都愿意去那种人多的地方,那就说明她真的像周至町说的一样,慢慢开始尝试着接触人了。

方妈知道这件事情急不来,这样想着,脸上的神色不由得和缓了许多。

方铛铛在一旁瞧着,眼睁睁看着她妈的脸色由阴转晴,不由得睁大了眼睛。

旁边周至町见了,露出一个扬扬得意的笑容。

笑话。中老年妇女他都搞不定,还怎么当丈母娘心中的优质女婿?

方妈倒是没有注意到他们两个这点儿小动作,她被方铛铛气得快炸的心又被周至町三言两语安抚好了。

一想到方铛铛之所以慢慢改变全是因为周至町,方妈看周至町的眼神都变得和善了许多。

"小周啊,我这个女儿,从小缺根筋,往后你可要多带带她。"

如果不是周至町带着,方妈真不认为方铛铛会去校庆典礼那种场合。

周至町含笑应了,那种得意从他眼里就能看出来。

看吧,看吧!

果然还是方妈识货!

周至町高冷地瞥了一眼方铛铛,又转过头来看向方妈:"阿姨说的哪里话,我们都是年轻人,多交流也是应该的。"

虽然大家都是年轻人,但现在年轻人那么多,他干吗只跟方铛铛交流?

方妈连声应:"是是是,是要多交流。"

唉,谢天谢地,总算有个跟方铛铛年纪差不多的人愿意和她一起玩了。只要女儿不每天在家摆弄她那几个塑料小人儿,方妈就觉得老方家坟头冒青烟了。

方妈和周至町进行了亲切友好的交流,方铛铛目瞪口呆地看着周至町将她妈妈哄得服服帖帖的,第一次对他表示崇拜。

周至町将她的崇拜照单全收,一面在方妈面前越发谦逊,一面在心里越发得意。

这场亲切交流到了最后,周至町硬是被方妈塞了两盒饺子。方妈将他送出了门,并且请他多多邀请方铛铛玩耍,不要嫌弃她。

周至町捧着那两盒刚刚包好的饺子,挑了挑眉。

哼,有他出马,怎么可能搞不定!

他不仅搞定了方铛铛的妈妈,还收获了方铛铛崇拜的眼神。方铛铛这小丫头,一定抵挡不了他的魅力!

方妈满面含笑送走了周至町,转过头来数落方铛铛:"你看看人家,说话从来不打磕巴。"

说话磕巴,面对亲娘尤其磕巴的方铛铛沉默了。

方妈见她这样子,按照往常的性子,肯定是要生气的。但刚才周至町的马屁让她太过开心,她一时半会儿没那么容易把耐心耗完。她看了一眼方铛铛:"看在你这段时间表现还可以的分儿上,我暂时不没收你的塑料小人儿了。"

方铛铛顿时一喜。

"但是……"方妈随即一句话,又让她从天堂掉到地狱。

"我们的赌约还算数,你可别忘了。元旦之前要是再找不到工作,我可就不留情了啊。"

方铛铛瞬间萎靡。

"对了,"方妈像是突然想到了什么一样,问方铛铛道,"隔壁那小周,有女朋友没有?"

女朋友?

方铛铛怀疑他家连蟑螂都没有母的。

她摇头摇了一半，突然想起于飞来，连忙又点了点头，可是转念一想，她妈问的是女朋友，虽然不知道周至町跟于飞的进度条读到什么地方了，但于飞怎么看都跟"女朋友"没有关系，又连忙摇了摇头。

方妈控制住额头乱蹦的青筋："到底是有还是没有？"

方铛铛一见她这样又开始磕巴了："没、没、没，没有吧。"

原谅她，于飞真的不是女朋友。

"哦。那就好。"方妈得到了准话，轻松地说道。

方铛铛问："好？好什么好？"

"你表姐从国外回来，不是正好没有男朋友吗？我看小周人不错，想牵个线搭个桥。"中老年妇女最常见的毛病又犯了，方妈接着说，"小周人很聪明，配你表姐正好。他呀，就要找个跟他一样聪明的人，两人相互制衡才合适。"

方妈说完，一转头又看到自家这个既不聪明成绩又不好的女儿站在她身边愣愣地出神，周至町给她充值的那点儿耐心总算告罄。方妈顿时对方铛铛横眉冷目："你在这儿愣着干吗？换鞋，送我下楼！"

说完，方妈又抑郁了。

她家的傻女儿，到哪儿去找一个跟她一样傻的人配哟！

周至町当着长辈面装了太久的好人，突然之间有点儿不习惯，等到他勉强进入这个人设之后,方铛铛都已经把方妈送到楼下,自己回来了。

听到电梯响,周至町连忙拉开门,对着方铛铛没话找话:"你妈妈走了?"

方铛铛想到她妈临走前给她派的任务,悲伤地点了点头。

周至町以为方铛铛这么丧是因为她妈骂了她,也不奇怪,反正她每次见了她妈情绪都比较低落。他端着水,饶有兴致地问她:"你就没有什么想说的?"

他今天英雄救美,挽救羸弱的方铛铛于她妈的魔爪之下,她难道不应该赶紧过来感谢自己?

方铛铛听他提起这个,想起她妈临走前说的那番话,心里对周至町顿生一种同情之感。

她在心里对周至町和于飞说了声"对不起,我不是故意的",又满含歉疚地看了他一眼,仿佛已经看到周至町被她妈强押着去跟她那个海归表姐相亲的场景,越发觉得对不起他。

方铛铛干脆羞愧难当地捂着脸回家了。

周至町莫名其妙。

方铛铛感谢人的方法,好像有点儿不一样?

周至町跟方铛铛有点儿猫腻这件事情,注定是要在于飞那里引起波澜的。

这天早上，于飞刚来办公室，就连忙跑来询问周至町的情况。

他将手中的文件一扔，几乎快蹿到周至町的办公桌上。尽管办公室里没人，但他还是压低了声音，问道："你们两个，后来怎么样了？"

"什么怎么样？"周至町没好气地看了他一眼。

于飞听了，伸出手指，点了点他："周至町，这就是你不厚道了。你们两个都被我当场抓住了，你还不告诉我？"

周至町一听，觉得他这句话有点儿怪。但周至町没有仔细想这句话怪在哪里，而是直接将于飞的手指握住，往下一掰："你说，我要告诉你什么？"

他虽然搞定了未来丈母娘，但那又怎么样？

未来丈母娘对他来说从来不是问题啊！

一想到方铛铛那个不识货的还成天迷恋一群纸片人，周至町就觉得心里堵得慌。尤其是，他既不会开机甲，又不会突然变成一只狗咬人，更不能驮着方铛铛满世界乱跑，这让他在方铛铛面前连硬话都说不起来。

更别说，他那天又是费尽心机地讨好方妈，又是见缝插针地帮方铛铛说好话，可她不知道是哪根弦搭错了，这几天一见他就是一副欲言又止、满眼愧疚的表情，问她却什么都不说，弄得他简直憋屈。

他都不知道是哪里出了问题，让他连解决的办法都找不到！

周至町正有一种有劲不知道往哪使的感觉，正好于飞找上门来，当即不再客气，掰住于飞的手指一直往下压。

于飞顿时叫起来："痛、痛、痛，放手放手放手！"

听到于飞喊痛，周至町就觉得神清气爽了不少。他面无表情地将于飞的手放开，重新坐回自己的位置上。

于飞甩了甩手指，没好气地说道："周至町，你至于吗？不就是问下你的感情状况嘛，咱俩天天在一起，难不成你还觉得这件事情能瞒得住我啊？迟早都是要说的，何必遮遮掩掩……哎，不对！"

于飞像是突然想到了什么，回过神来："不对啊，周至町。如果你跟你隔壁那小丫头发展顺利你不应该是这个死样子啊。你肯定早就开始显摆了，恨不得全天下的人都知道——你们两个发生了什么。"

周至町回给他一张面无表情的脸。

于飞恍然大悟："哦，我明白了。人家不喜欢你！"

周至町觉得于飞真的很烦！

于飞突然来劲了："哎，不是吧，周至町，还真让我猜对了？"

他总有一天要将于飞灭口！

于飞顿时幸灾乐祸起来："周至町，没想到啊，你不是一向自诩比我帅比我人缘好吗？怎么碰到那个小丫头你就搞不定了？不应该啊，你不是这样的人啊。你周至町是谁啊，个儿高腿长身材好，聪明能干钱包丰,哪里有你搞不定的人啊?"

周至町起身来找棍子,他找出个不知道什么时候放在角落的高尔夫球杆,拎在手上,试试手感。

于飞见了,连忙伸手制止:"好了好了,我走了我走了。"

周至町面无表情地看着落荒而逃的于飞,狠狠地将球杆往地上一杵。

他什么时候总要收拾于飞一顿!

"我跟你说,追女生还不简单吗?"从合作方的大楼一下来,于飞就揽住周至町的肩膀,跟他说,"送花送礼送浪漫,没有哪个女孩子招架得住。"

周至町默默提醒此刻情场浪子般的于飞:"我记得你上次有女生追好像是高中。也对,高中才那么单纯,不看脸。"

于飞气急败坏。

说话间,一行人来到商业区。于飞一见时间差不多了,连忙对身后的同事们招招手:"走吧,今天上午大家都辛苦了,中午就在这儿吃吧。"

听到于飞这么说,下属们立刻非常捧场地欢呼起来。

他们选了一家旋转餐厅,周至町一进门,就看到窗口处坐着个熟悉的人。

于飞一看:"嚯,真巧!这不是你家那谁吗?"

对,此人正是周至町家的那谁——方铛铛。

她正跟一个年轻男孩子尴尬地相对而坐!

第七章
天降外甥女

气氛尴尬中带着一丝丝的微妙,作为长年奋斗在被催婚第一线的男青年,看到这样的场景,脑袋里面瞬间冒出两个字——相亲!

于飞第一时间转头看向周至町。

周至町瞬间暴躁了:"看我干什么?"

吼完,他酸酸地想,方铛铛居然还背着他相亲……

周至町用目光将方铛铛对面那个男生从头到脚打量了一番,长得没他好看,个子也没有他高,更没他有气质。

方铛铛这是眼瞎了吗?

对面那个男生含羞带怯地看着方铛铛,一副欲言又止的样子。方铛铛则满脸尴尬,如坐针毡。

周至町见了,冷笑一声,废话!方铛铛连他都不喜欢,怎么可能喜欢对面那个男生?

不过一想到那个男生马上就要被方铛铛拒绝，周至町瞬间又开心起来。

不能光是他周至町一个人被拒绝，有人跟他一样惨，他才觉得没有被老天爷抛弃。

于飞看着周至町一会儿生气一会儿高兴，默默地挪开了步子，打算离他远点儿。

许是周至町的目光太明显，迟钝的方铛铛也发现了他。她转过头一看，正好看到周至町和于飞站在离她不远的地方，周至町还神色莫测，不知道在想什么。

见方铛铛看到了他，周至町不再犹豫，抬脚便朝她坐的地方走去。他心里叹了口气，觉得方铛铛这丫头真是不让人省心，被人安排相亲也不知道拒绝，还要让他这尊大神亲自出马，帮她处理这件事情。

看到周至町过来，方铛铛不知道为什么心里咯噔一下，下意识地就站起身来。

周至町走过去，脸上露出十分具有社交风范的笑容，亲切地揽住方铛铛的肩膀，问道："这位是？"

方铛铛浑然未觉有什么不对，介绍道："这是小徐。"

"你好。"周至町伸出手来，跟对面的小徐握了一下手，又转过头来十分亲密地对方铛铛说："你跟小徐吃饭怎么也不跟我说一声？"

方铛铛眨了眨眼睛,没有弄明白为什么自己跟人吃饭还要跟周至町说一声。

不远处的于飞已经不忍地闭上了眼睛。

他真应该给周至町录下来,叫那厮好好看看他自己有多么丧德败行!

周至町越殷勤,方铛铛越害怕。她跟周至町拉开距离:"你正常点儿,我害怕。"

一旁被他们忽视很久的小徐忍不住问:"这位先生是……"

周至町微微一笑,朝小徐伸出手来:"我是方铛铛的男朋……"

"不,他不是!"方铛铛惊恐地打断他的话,将他的手一把从小徐面前拉回来,让他那笑容瞬间僵在脸上。

这还不算,方铛铛看了看周至町,又看了看小徐,脑子前所未有地快速转了起来:"呃……他是我……"

她"我"了半天,冒出一句石破天惊的话:"是我舅舅。对,是我舅舅!"

被天降外甥女砸晕的周舅舅目瞪口呆。

"哈哈哈,哈哈哈,哈哈哈……"

一路上,被于飞笑声扰得不行的周至町,终于收起被方铛铛打击得如丧考妣的表情,转过头来面无表情地看向于飞,用一种没有任何感情的语调问他:"你打算笑到什么时候?"

"哈哈哈,哈哈哈,哈哈哈……嗝……"于飞笑得打嗝。

周至町连忙扯了张纸,嫌弃地遮住了自己半张脸,表示不想被于飞这种德行的人污染。

"唉……"于飞一把扯下他面前的那张纸,"也就到明年吧。明年之后,我打算把它录下来,放进保险箱,以后每年这个时候都拿出来听一听,顺便叫我儿子孙子都来瞻仰一下他们周叔叔周爷爷当初是如何喜提外甥女的。"

周至町阴沉地看着于飞:"你现在就可以录下来给你自己听,'爸爸'的好'儿子'!"

"那'周爸爸'你什么时候给我找了个表妹,我怎么不知道?"一提到这件事情,于飞又像被点了笑穴,浑身抖得跟过电一样。

周至町冷眼旁观,目光在于飞身上扫过,咬牙切齿地思忖着怎么下刀才合适。

好不容易等到于飞再次笑完,他上气不接下气地爬起来,揩了揩眼角的泪水,顺势抹到周至町的衣服上:"哎,我这辈子,听过的拒绝理由,有'你是个好人''我们不合适''我配不上你''我把你当哥哥',但是从来没有听过'我把你当舅舅'这种话!可以呀,周总,追的女孩子突然认你当了舅舅,什么感受,来说说。"

周至町一把拨开于飞握成筒状的手:"'爸爸'没有感受,只能

勉强说说突然有个智障'儿子'是什么感受。"

这句话刚刚说完,又不知道哪里戳到了于飞的点,他像上了减肥甩肉机一样,浑身上下又开始抖起来:"行啊周总,你出来谈个生意就喜提外甥女,左手大单子,右手外甥女,职场新男性。可以的,可以的。"

周至町磨了磨牙,开始思考现在灭口还来不来得及。

灭口自然是来不及的,周至町不仅在未来很长的时间里被于飞拿住把柄,还会在他的笑点上"待"一段时间。

周至町不顾跟于飞多年的"狼狈之交",强行将他扔在了地铁站,自己开车回到了家里。

洗完澡出来,他依然愤愤不平。

他一番好心方铛铛凭什么看不见?他堂堂一个男神,解救一次女性容易吗,她为什么不领情?不领情就算了,居然还说自己是她舅舅!他有那么老吗?方铛铛内心对他就这么"崇敬"吗?

外面传来嗒嗒嗒嗒的脚步声,周至町猛地站起来,风一样掠到门口,像做贼一样从许久不用的门镜往外看去,果然看到方铛铛迈着轻快的步子回来了。

"嘶……"周至町倒吸了一口凉气,非常不满,她居然看上去还挺开心的!

也不知道是不是周至町那目光太有穿透力了,隔着门板居然都能让方铛铛有所察觉。她转了转头，像是在找突然停在她身上的这道目光一样。周至町被她那动作一惊，跟做贼一样，连忙背过身来。

做完这个动作周至町才反应过来，他是在干吗？

太不符合他"伟光正"的气质了！

这么一想，周至町立刻挺直了腰杆，一把推开了自家的房门。他靠在门框上，装作不经意的样子跟方铛铛说道："你相亲完了？"

方铛铛刚发现那道目光不见了，一转头就看到了周至町。这人哪壶不开偏提哪壶，方铛铛一听他说刚才的事情，脸唰地就红了，说话又开始不利索："别……别乱说……"

乱说？

呵！

周至町冷笑一声，踩着拖鞋迈开长腿，走到方铛铛面前，居高临下地看着她："我哪里乱说了？"

明明就是相亲，还当他瞎！

方铛铛语塞，过了片刻，才结结巴巴地说："那，那也不是你胡说八道的理由。"

他胡说八道？

究竟是谁胡说八道，还把自己强行塞给了他当外甥女？

周至町发现方铛铛真是喜欢睁着眼睛说瞎话！

周至町哼哼道："不是谁都能当我女朋友的好吧？假的也不行！"

方铛铛纠结:"可明明就不是……"

"方铛铛。"周至町的声音突然变得非常冷淡。

方铛铛"嗯"了一声,抬头一看,就见周至町眼角眉梢都写着"不痛快"三个字。他高冷地瞥了一眼方铛铛:"你是不是对那个什么小徐有感觉?"

方铛铛说:"嗯?"不明白他这又是扯到了哪里。

周至町一看她的样子就来气,越发肯定了心里的猜想。

果然,如果不是在意那个相亲对象,方铛铛也不用阻止他假冒她男朋友。说来说去,都是因为她喜欢那个小徐!

周至町越想越生气,气方铛铛太不把他当回事。他这么一个男神放在这里,方铛铛居然还有眼无珠,跑去喜欢一个样样不如他的小徐,气自己一番好心,方铛铛却不看在眼里,根本不理解。

气,他太生气了!

周至町气得转身就走。

砰的一声,周至町家的大门在方铛铛面前被关上了。方铛铛眨了眨眼睛,心想:"周至町这又是什么毛病?"

她心累地抹了把脸,还不是因为于飞在旁边,她不想于飞误会,这才阻止了周至町冒充她男朋友吗?不就是周至町问起来的时候她不好直接说,耽搁了回答吗?周至町这就生气了?

周至町这个磨人的小妖精!

磨人小妖精周至町不理方铛铛了。

不管是在小区里,还是在楼道里,方铛铛几乎再没有遇到过他,唯一一次是方铛铛从外面回来,正好碰到他出门,方铛铛正要跟他打招呼,他却高傲冷漠地把她当空气一样无视了。

还有完没完!

也不知道是不是因为那天开了个头,之后周至町倒是出现在方铛铛面前几次,但他始终板着一张脸,弄得方铛铛想跟他打招呼都不敢。

周至町这几天是不太想看到方铛铛,因为只要一看到她,就让周至町不由自主地想起方铛铛喊他"舅舅"的事情。

不过,偶然间看到方铛铛想跟他说话又被他的"冷漠"堵回去的时候,周至町转头就乐开了花。

周至町在电梯里笑得打跌,谁让方铛铛不理他的,活该!

然而,他马上又笑不出来了。

因为方铛铛发现周至町不理她之后,再也不拿自己的热脸去贴他的冷屁股了,弄得周至町就算天天在她面前晃,她都不看他一眼。他那天那个举动,就那么伤害她吗?

周至町怎么想都觉得不至于,但他又不好放下面子去跟方铛铛主动说话,总感觉先低头就好像默认了方铛铛那天的所作所为是正确的

一样。

周至町思来想去，算是勉强找到了一个看起来可靠的办法——用钱砸！

既然方铛铛视他的美貌如粪土，那他就只能退而求其次，用一种不如他美貌有冲击力的东西来打动方铛铛了。

他就不信，方铛铛看在自己是她"听众爸爸"的分儿上，还能不看他！

天可怜见，要是让于飞知道，又要嘲笑周至町现在要求低了。

不知不觉间，周至町竟然只要求方铛铛看他一眼就足够了！

周至町浑然不觉自己有什么不对，愤愤不平地打开了APP，翻到方铛铛的主页面，不等她开始直播，就打赏了一大笔钱过去。

方铛铛正在家里发愁怎么跟周至町搭话，她甚至还破天荒地想到了于飞，正想着要不要让于飞做个中间人，APP提示信息就来了。

方铛铛打开一看，立刻皱起眉头。

她的死忠粉给她打赏了好大一笔钱，怎么，今天这么早就来催更了吗？

方铛铛看了一眼外面一片朦胧的天空，十分忧怨地坐到了电脑面前，打开了自己的摄像头。

没办法，虽然听众不懂事，但谁让他们是自己的"爸爸"呢。

隔壁，周至町一声突如其来的"阿嚏——"打得他自己一颤。他揉了揉鼻子，再看手机时，方铛铛已经上线了。

周至町大喜过望，看来他的金钱策略还是有效果的，连忙坐起来，做好迎接方铛铛感激他的准备。

然而……周至町再次失望了。

整个过程，方铛铛一句话都没有说，好像刚才被钱砸了的人不是她一样。

周至町不甘心，想了想，又给方铛铛刷了一大笔钱。

哼哼。

周至町歪起脸坏笑。

现在看方铛铛还会不会无视他。

叮一声！

方铛铛直播到一半，听到又有人给她砸钱，看了一眼那个 ID[①]，瞬间头疼了。

这人是不是有毛病？大晚上不睡觉想干吗？

虽说方铛铛在做直播，但她不是那种无功受禄的人，这个粉丝突然给她刷了这么多钱，她第一个反应：肯定又失眠了。

她做直播的初衷就是为了解决大家失眠的问题，所以，即便是再

[①] ID（Identity document）：身份证标识号、身份证件。后文同此注。

不愿意,再不想收这个钱,她也依然耐着性子,把直播时间延长了。

她轻轻打了个哈欠,一边翻着书,一边揉了揉眼睛。

希望这个粉丝听完就赶紧睡觉吧,她真的好困……

方铛铛头还没点完,又听到叮的一声,对方又砸了一大笔钱过来。

方铛铛彻底愤怒了!

有些人一天到晚这么无聊吗?难怪睡不着!

方铛铛用因为打瞌睡而蓄满泪水的眼睛看着电脑屏幕,良久,无奈地叹了口气。

算了算了,给钱的人是老大,她再把直播时间延长些好了。

第二天,等在门口许久的周至町一听到隔壁有了开门声,他就连忙装作正好开门,板了张脸,高冷地走出了家门。

"早啊,啊哈……"方铛铛说完就打了个大大的哈欠。

周至町漠然地看了她一眼,其实心脏已经快飞出来了。

快说啊,快说啊,快说昨天晚上有人给你砸钱了啊,快说!周至町心里默念着。

可是方铛铛并不能跟他达成脑电波上的交流,将垃圾扔到门口,就打算回去。周至町终于忍不住了,开口问她:"你昨天晚上是没睡吗?"

"啊,有个人一直打赏,我只能坚持直播了。困死我了。"方铛铛说完，就砰的一声关上了门。

周至町站在原地，咂摸了一下她的语气，感觉……她好像不是很……开心。

周至町后知后觉，觉得自己好像弄巧成拙了。

对于方铛铛来说，她未必就愿意拿那么多钱。让她牺牲睡觉时间挣钱……可能对她而言不是件好事情。

周至町这么一想，顿时觉得背上一凉，连忙蹿进了家里，生怕回去得晚了，方铛铛又一个扫堂腿过来。

方铛铛回到家，关上门了才突然反应过来，刚才周至町好像跟她说话了？

意识到这件事情，方铛铛猛地拉开门，谁知正好看到周至町关门的背影。

明明都已经换好衣服出来了，干吗还回去？

方铛铛发现，她真是越来越看不懂周至町了。

不管如何，方铛铛总算是暂时放下了心。

周至町既然已经愿意跟她说话了，那就说明，他心里的气已经消了，跟她重新恢复友好邦交关系，只是时间问题。

放下了心中一块大石，加上昨天晚上很晚才睡，方铛铛直接倒在沙发上就睡了过去。

她是被一阵门铃声惊醒的。

方铛铛迷迷糊糊地走到门口，从门镜朝外看了一眼，见到那张脸，立刻清醒了。

他来这里干什么？

他怎么知道自己住这里？

方铛铛瞪大了眼睛，看着门外的林阳，脑子里突然冒出这两个问题。

林阳冲门这头的方铛铛露出一个温和阳光的笑容："你好，方铛铛，还记得我吗？我是林阳，周至町的好朋友。"

方铛铛很想反问一句，周至町知道他有你这个好朋友吗？

但她到底还是忍住了。

隔着门跟人说话毕竟不太好，方铛铛打开门，看着林阳："有什么事吗？"

她是没有想到，经过了那天的事情，林阳居然主动找她。

他挖周至町墙脚的心，真是坚定啊。

林阳微微探头，朝里面看了一眼，但方铛铛守在门口，他即便是看也没看出个所以然。他笑了一下，一副没把方铛铛的无礼放在眼中的样子："是有点儿事情，关于周至町的。"

方铛铛听了他这话，在心里长叹了一声。

这是什么样的一种感情，要让林阳过去这么多年还追着周至町不放啊!"

林阳看不到方铛铛的脑内弹幕,说道:"我思来想去,有件事情还是要告诉你一下。"

他顿了顿:"周至町以前上高中时候,有个喜欢的姑娘,但后来……那个姑娘去世了。这么多年,他一直没能忘掉那个女孩子,连找的对象都跟那个女孩子差不多。你看,你……要不要重新考虑一下你跟周至町之间的关系?"

方铛铛点了点头:"你的好意我心领了,林先生如果没有什么事情,就先走吧。"

林阳一愣,随即有些尴尬地笑起来:"方小姐,我是为你好,我知道你们……"

"知道像我这样,看上去一无是处的女孩子,很容易看在周至町长相、收入的分儿上对他扒着不放对吧?"不等林阳说完,方铛铛就道,"当然了,我也知道,在有些人眼中,人是分三六九等的。我方铛铛,身无长物,也没有个当导师的爹,在有些人眼中,就属于最下那一等。但是啊,自作多情不是条件差的专利,有些看上去人模狗样的人,也自作多情。"

方铛铛一气说完:"我就是条件再差,我攀上你了吗?你这么热心,很让人怀疑你的动机啊,林博士。"

隔壁,一直关注着方铛铛一言一行的周至町凑在门镜前,听到她这么说，嘿嘿嘿地笑了起来。

看样子，方铠铠也不是完全不在乎他嘛。周至町这样想。

林阳有些愕然地瞪大了眼睛看着方铠铠，大概是没有想到，方铠铠看上去木讷寡言，但一开口她言语尖锐得简直要将人的魂戳穿了一般。

这种事情他做惯了，短暂的惊讶之后，林阳嗤笑一声："如你所言，像你这样的女孩子，以前没有遇到过好人，乍然见到周至町这种条件的，难免心动不已，宁愿委曲求全也要守着他。但是路是你自己的，好不好走只有你自己才知道，别人出于好心提醒一两句，希望你清醒点儿，别不知好歹。"

周至町有点儿生气，心想："林阳怎么这样？挑拨不动就开始羞辱人，方铠铠这傻姑娘，怕是要吃亏了。"

周至町已经做好出去英雄救美的准备，但他还没有行动，就听见方铠铠冷笑一声，踩着拖鞋走了出来。

被人这样指着鼻子骂，方铠铠即便是尿人也压不住火了，她走到林阳面前："林博士，跟人相处，八字真言记心间，'关你啥事，关我啥事'，我是好是坏不关你的事。我俩就见过一次，我不信林博士你会不知道交浅言深是人际交往大忌。既然是这样，那我倒要好好掂量你三番五次到我面前来说周至町不好的真正目的了。再说了，我是不是还要问问你,你是怎么知道我住在这里的?我记得我可没有跟你说过。"

周至町在隔壁听了,无声地笑起来。

方铛铛是个锯嘴的葫芦不假,但说起话来,噎人程度丝毫不亚于周至町。

唉。周至町悠闲地靠在墙上想,林阳也就是敢成天在他面前嘚瑟,这不,换成方铛铛这种不讲章法的噎人,看他怎么办。

周至町想得很对,门外的林阳"尴尬癌"都快犯了。

他戴了这么多年的面具,几乎已经忘了他的本来面目,突然之间被方铛铛这么一说,脸上还有些挂不住。

他冷笑一声,丢下一句"不识好歹",便匆匆离开了。

身影还带了那么一点儿落荒而逃的意味。

等到林阳的身影消失在了电梯口,方铛铛才松了口气。

天知道,她可是个社恐!

刚才的表现,连她这个社恐都觉得她太不社恐了。

觉得把这个月说的话都预支了的方铛铛正打算回家,就听到旁边传来吧嗒一声开门声。她转过头一看,见周至町靠在门口,挑着眉毛看着她。

那姿态,要多撩人有多撩人。

奈何方铛铛是个撩不动的石头,她一头雾水地问:"干吗?"

周至町低头一笑,风姿动人:"不干吗。"

神经病!

她打了个哈欠。

因为刚才亲耳听到方铛铛质问林阳,周至町暂时忘记了她叫自己舅舅的事情,心情甚好地问道:"你这么维护我啊?"

维护?

方铛铛被他这句话说得心里突然有鬼,顿时结结巴巴地说:"维、维……维护?不不不,不是啊,那……那林阳本来就不是个好人嘛,我骂他也很正……正……正常。"

她要是不结巴,周至町就信了她的鬼话了。

他走过来,居高临下地看着方铛铛:"真的就是因为林阳太讨嫌了吗?"

他唯恐自己指出来的路不够明显,又补充道:"我还以为你是因为我呢。"

周至町说完,眼睛眨也不眨地看着方铛铛,怕他的心迹表露得不够明白。

空气中突然有了火花,方铛铛都感觉到气氛暧昧的意味,偏偏周至町的目光好像是一道锁一样,将她牢牢锁在其中,让她连偏头都不行。

她迎着周至町的目光，结巴得更厉害了："这、这、这……这有什么，你、你、你……你是我舅舅嘛！"

谁是她舅舅？

周至町又不理她了。

眼看着他们开始搭话，没想到因为"舅舅"这件事情，周至町又不理她了。

大晚上，方铛铛诚恳地蹲在周至町家门口给他道歉："周总，周大哥，周至町，我错了！"

为了表示她的诚意，她还把最后一句话加重了语气。

也对，周至町那么自恋，自认为是个盛世美颜的大好青年，突然要他当自己舅舅，是有点儿为难他。

方铛铛自我反思，的确觉得她不应该，语气越发诚恳了："我知道，以你跟我的年龄差，我叫你舅舅的确不应该，但那不是为了表示我对你的尊敬嘛！"

咔的一声，门从里面反锁了。

她又说错了什么？

眼看周至町已经不想理她了，方铛铛垂头丧气地站起身来，正打算往自己家门口走去，只听叮的一声，电梯到了。门打开，她亲娘神采奕奕地站在里面，一见到方铛铛，顿时惊讶了："哎，你居然知道我要来,专程在这儿迎接我?"

方铠铠哑口无言。

在保全自尊心和自信心这件事情上面,方妈和周至町的自恋程度如出一辙。

方妈走出来,拉着方铠铠回家:"看来这段时间你跟隔壁小周接触下来,还是有点儿长进嘛,都知道出门接人了。"

提到隔壁小周,方铠铠就有点儿心累。

她还没有开口,方妈就像是想起了什么一样,边换鞋边问她:"哦,对了,我上次跟你说的那件事情,你问得怎么样了?"

"上次?"方铠铠一头雾水地看向方妈,上次什么事情?

"哎呀,就是你表姐啊。"方妈恨铁不成钢,"我不是让你去探探小周的口风吗?你把事情记哪儿去了?"

原来是这件事。

方铠铠记起来了。

方铠铠上次就说周至町跟于飞有牵扯,让方妈把说媒拉纤的想法打消掉,没想到方妈还记得。是方铠铠低估了广大中年妇女对说媒拉纤这件事情的热情程度。

但是这一次,方铠铠还是不怎么想去。

倒不是因为于飞,而是……

她突然想到之前周至町看她的那个眼神,就瞬间不愿意了。

空气中仿佛还留有周至町看她时的那种暧昧气氛，方铛铛含糊地应道："算了吧妈……"

"算什么？你表姐那么优秀，好不容易找到一个跟她差不多优秀的，肯定要把握住啊。"方妈理所当然地说，"我看小周也不是那种狂妄的人，如果他真的有意向，可以叫你姐姐跟他见个面。"

"不做中不做保，不做媒人三代好。"方妈说得正起劲，就被方铛铛板着一张脸给打断了。

方妈说："我突然觉得你说得很有道理。"

眼见她放弃了这个想法，方铛铛还没有来得及松口气，就见方妈突然转过头来："但是，你为什么这么排斥给周至町介绍对象？"

他们两个发生了什么？

明明没有什么事，方铛铛的心硬是一下提了起来。她连忙否认："没有没有，我只是认了他当舅舅。"

"当舅舅？"方妈皱眉。

这又是怎么回事？她发现她越来越搞不懂方铛铛的"脑回路"了。

"这个……"方铛铛这才发现，她填完一个坑，马上又把自己带到另一个坑里去了，"这个……我那不是，那不是上次周至町帮了我一把嘛，我那个啥，认了他当舅舅……"

"认得好啊！"不等方铛铛话音落下，方妈就一拍腿，赞同她，"方铛铛，你难得脑子灵光了一次。走走走，陪我下去买菜。"

"干……干吗？"方铛铛看着被方妈拉住的手臂，有点儿害怕。

"请人家小周吃饭啊，你不是说他帮了你吗？"方妈一边拉着她一边往外走去，"这孩子，刚说你懂事，你又不懂事了。"

方铛铛没办法，只能被方妈拉走了。

周至町一回到家，就看到方铛铛满脸犹豫地站在他家门口，一副恨不得挥刀自尽的煎熬样。

她低着头，连周至町走到她面前都没有感觉到。听到头顶传来一声做作的咳嗽声，方铛铛猛地抬起头，看到周至町站在她的面前。

方铛铛吓了一跳，眼看周至町脸色又开始阴沉，连忙拉着他走到墙角，小声说道："那什么，我妈请你吃饭。"

嗯？

周至町挑了挑眉。

她妈好端端的请他吃饭干什么？

方铛铛可没有感觉到他的疑惑，而是压低了声音："那个，等下我妈要是说些奇奇怪怪的话，你可别放在心上啊。"

因为等下她妈要是提起周至町是方铛铛舅舅这件事情，周至町脸上可能挂不住，所以她先来给他打个预防针。

周至町立刻懂了。

他就说嘛，识货的人最终是识货的，方铛铛不知道他的好就算了，可那不代表她妈也不知道。

这种久经世故的中年妇女，早就在人情场上练就了一双火眼金睛，怎么会看不出来他的优秀？

作为广大中年妇女最满意的女婿人选，周至町对即将到来的这顿饭已经做好了准备。

他轻轻"嗯"了一声，拿眼睛瞥向方铛铛："当然不会了。"

如果她妈试探他，他正好可以把自己的想法说出来，免得对着方铛铛这个傻妞暗自神伤。

周至町怀着感激方妈热心给他"推销"女儿的心情到了方铛铛家。果然，他一进门，就看到餐桌上摆好了饭菜。

饭菜很丰盛，但周至町根本没有心情吃。

他矜持地坐了下来，看向方妈，彬彬有礼地说道："伯母辛苦了。"

"不辛苦不辛苦。"方妈笑着说，"你带方铛铛辛苦了。"

"哎呀。"她叹了口气，"我这个女儿，脑子一向不怎么灵光，谁跟她相处都要非常费心，多亏了你，不嫌弃她还愿意带她，多谢多谢。"

方妈可以这么说方铛铛，周至町却不能这么说她："哪里。方铛铛只是因为不太喜欢出去玩，所以有些怕生罢了。其他的还好。"

方妈可能是没有见过方铛铛是如何挤对人的，那气势，不比方妈

骂人的时候差。

方妈一听就笑了："你可别这么说，我的女儿我知道的。方铛铛从来胆子小，也不爱跟人接触，多亏了你。"

周至町笑得越发矜持。

"方铛铛啊，以后还要多麻烦你了……"

周至町心里一跳，暗叫"来了"。

接着，他就听到方妈说："好歹你现在都成她舅舅了，带她你就多费点儿心吧。"

周至町扯了扯嘴角，硬是在僵硬的脸上挤出一个笑容："您……您说什么？"

"我说，你都是她舅舅了，往后多费点儿心。"方妈给周至町倒了杯酒，"来，满上满上。"

"今天是我突然过来，过来之后才知道你成了方铛铛舅舅这件事情，招待不周，见谅见谅。等过几天，我在饭店专程请你。"

周至町维持着脸上僵硬的表情，转过头看向方铛铛，用眼神问她：这就是你告诉我的，你妈要说的事情？

方铛铛看懂了他的表情，回给他一个肯定的眼神。

为什么他突然有了一种被欺骗的感觉？

这顿饭，非但没有像周至町预想中的那样，奠定他女婿的地位，反而把他舅舅的身份坐实了。

临走的时候,方妈非常热情地对周至町挥手:"周老弟,下次再聚啊。"

"周老弟"板着一张脸,面无表情地出了方铛铛的家门。

"周老弟"站在他们两家门的中间,沉痛反思,他跟方铛铛之间,究竟是怎么走到现在这个地步的呢?

这个问题,一直到周至町回了家,他都没想出结果来。

他是典型的理工科"直男"思维,有了问题就去解决问题。现在,他明知道他跟方铛铛之间有了问题,却不知道该如何解决。

周至町躺在床上,睁着眼睛看着天花板,怎么都睡不着。

他想了想,拿出手机,翻到方铛铛的直播页面,手指在打赏按钮上停留了片刻。最终,他哂然一笑,放弃了给方铛铛打赏的想法。

算了,真要打赏出去,她今天晚上又别想睡觉了。

还是,让她睡个好觉吧。

周至町这么一想,豁然放下心来,不知不觉间就睡了过去。如果不是于飞给他打电话,他这一觉,还不知道要睡到什么时候呢。

周至町迷迷糊糊地抓起手机,带着浓重鼻音道:"喂?"

"喂喂喂,还喂!"隔着电话都能感觉到于飞在那头快要火烧眉毛了,"赶紧起来看'热搜',出事了。"

周至町按照他说的，打开微博，翻到热搜一看，瞌睡立刻消失得无影无踪。

周至町猛地坐起身来，给于飞拨了电话过去："把中层以上的人员全都叫到会议室，我马上过来。"

他们的APP上热搜，没有其他原因，就说他们缺乏监管，别有用心，物化女性。

如今正是女权主义者到处游走的时代，稍不注意就要被扣上"歧视女性"的帽子，周至町不过是睡了个觉，起来形势就变了。

第八章
情绪危机

周至町到办公室的时候,里面已经坐满了人。

他先是说了声"抱歉",接着就挨着于飞坐了下来。

大家讨论得热火朝天。

其中一个经理说道:"这件事情摆明了就是对方搞我们,要不然怎么会突然出现大规模的类似言论?"

"是啊,有些人眼红,也是点儿背。"

"那有什么办法……"

"停。"周至町用笔帽戳了戳桌子,叫停了他们的讨论,"现在不是谈论这些的时候,当务之急是想办法把这件事情解决好。"

他一开口,大家纷纷停下讨论,转头看向他。

周至町想了一下:"我有个想法,现在还不成熟,需要集思广益。这件事情,对我们公司来说,或许并不是一件坏事。如果我们能够朝着积极方向引导，还省了一笔广告费。"

周至町话音刚落，底下就有人说道："可是……这有点儿难……"

的确，既然对方有备而来，那周至町他们无论做什么，恐怕都在对方的预想当中。

周至町笑了一下，即便疲惫，笑容中也依然有着几分意气风发的味道："难就不做了吗？"

他伸出手，拿了张纸过来，在手中叠了一下："我记得，当初我们刚开始设计APP的时候，就准备了相关的应急方案，找找吧。另外……"他沉思片刻："联系一下广告公司，不，这个应急方案，我们自己来做。"

这个节骨眼上，危机公关交给谁，他都不放心。

周至町说完，点了几个人的名字："你们留下来，其他人，该干什么干什么，公司里对这件事情先不要提。散会。"

他简简单单的几句话，把原本有些散乱的局面稳定了下来。

周至町虽然绝大部分时候不靠谱，但一旦靠谱起来，无形当中就很能镇住场面。

等到人都走得差不多了，周至町才站起身来："刚才，我脑子里有了一个非常粗浅的想法，需要大家一起来完善……"

"约饭"APP的官方微博在晚上八点钟的时候，发了一条视频，用动画的形式，讲明了"约饭"APP的产品特点。

一个小人，困守于这个城市的小小一隅，看着窗外的月亮凄凄凉凉；一个小人，下班很晚回到家，家里冰冷一片，连杯热水都没有；一个小人，喜欢探寻这个城市大街小巷的美食，奈何他没有朋友，只能一个人孤零零地吃；一个小人……很多个小人……他们无一例外，都没有一张性别分明的脸，他们跟这个城市每一个用心奋斗、孤身在外的人没有任何分别。

"约饭"给了他们一个交友的渠道，也给了爱吃爱玩的人一个平台，正是通过这个APP，他们能吃到更多的美味，能结交到更多的朋友，能让他们即便是在这个居大不易的城市里，也能感觉到更多人间温暖。

视频不长，在结尾有一行小字："约饭"APP从设计之初便已经将人身安全的问题考虑了进去，让用户利用定位功能，保护自己。

……

视频一发上去，立刻就引来非常多的关注。周至町故意让画手模糊动画中小人的性别，就是在无声地反驳那些针对他们APP"歧视女性""无视女性安全"的言论。

这一点没有明说，但明眼人都能看出来，加上APP早在刚开始做的时候就已经明说，他们设置了相关预警机制，不能说周至町他们什么都没有做。至于出现了这样那样的问题，公司所有的人都知道，是有人别有用心。即便不是"约饭"APP，也会是其他APP。该怪的是别有用心的人，而不是一个软件。

放在桌上的外卖已经凉了很久，可没有一个人顾得上吃。周至町倒在椅子上，掐了掐眉心，第三十次看着办公室交上来的公告，再次拿起笔来修改。

"这一句，不要……现在先不要把我们的下一步计划说出去，容易引起反感……另外，最后加一段，算了，还是不加了。"周至町三两句说完，将公告重新拿给了助理。

他看着脸上明显已经写满疲惫的下属们，没有作声。

从今天早上开始，他们先是联系画手，接着制作视频，同时还要设置脚本，然后审核，修改，审核，修改……一系列的程序下来，已经快晚上十一点了。

危机公关这种事情，宜早不宜迟，晚上八点钟才出一个这么隐晦的视频，实在称不上反应迅速。还好刚开始设计APP的时候周至町就留了一个心眼，否则，真的等到事情发生了，再去准备，都不知道是什么时候了。

"周总。"正守着视频的下属叫他，"视频反应不错，我们之前联系的那几个'大V'转发出去，效果也都还行。"

既然别人能带节奏，那他们也能。周至町没有联系那些营销号，而是专门联系了在网络上形象比较正面的大账号。他们这个视频做得不错，又符合当下热点，不少人即便不主动发表意见，也愿意转发。

只要官方平台发出声明，那自然就有人拥护，不需要周至町他们请所谓的"水军"，会有人帮他们说话。

真正的微博活跃用户，可比那些水军好用多了。

周至町点了点头，将面前那杯凉开水一饮而尽："那就好。"

说话间，助理重新拿着公告走进来："周总，稿子已经改好了。"

"嗯。"周至町接过来，看了一眼，"好了，没什么问题了，你看下有没有错别字，盖上我们公司的公章，发上去吧。"

公告很简单，先是正面否认了"约饭"APP存在歧视女性，不关注女性安全的问题，讲明他们一直都非常关注和注意用户安全，接着欢迎大家监督，他们将会继续前进，把"约饭"APP做得更好。

至于有人别有用心带节奏，有人故意抹黑他们之类的事情，公告上一句都没有提，仿佛周至町他们是瞎子，看不出来。

公告发上去不久，"约饭"APP官方微博账号关注了一系列警方账号和警务人员，力求将"维护用户安全"这个形象打造到极致。

但是周至町没有着急着在网上表态。

现在这种情况，过犹不及，如果太过急切，反而会给人一种急功近利、急着"甩锅"的感觉。

于飞将那张打印出来的公告拿过来看了一眼，笑起来："周至町啊周至町,你这个高傲的性子,这辈子可能都改不了了。"

有些人看上去温和有礼,对谁都不卑不亢的,但其实,高傲已经深入骨髓,那种骨子里的傲气和不屑,不管到了什么时候,都不会有任何改变。

知世故而不世故,说的大概就是周至町这样的人了。

周至町听了他的话,笑了一下,没有作声。

他虽然认为自己称不上君子,但有所为,有所不为,这一点还是知道的。

有些东西,应该怎么做,应该什么时候做,他还是知道的。

从办公室出来,都快半夜两点了。

周至町没有开车,而是随手在路边拦了一辆出租车,坐了上去。

即便已经有了应对方案,但周至町还是没有放松,今天晚上,注定是个不眠夜了。

他倒在后排,闭着眼睛养了一会儿神。但他白天太累了,用脑过度,即便是闭上眼睛,脑子也没有消停。一会儿是这个人来电话,一会儿又是那个人来微信。

兜里的手机响了一下,周至町看样子觉得自己不可能在车上打个小盹儿了,无奈地把手机拿出来看了一眼,居然是他们公司群的人在发红包,祈求今天晚上能平平安安。

红包要是有用，那他今晚熬大夜又是为了什么？

周至町又啯摸了一下，觉得群里发得这么起劲，他这个当老板的也不好装死，于是发了个大红包。

周至町试了把手气，看到抢到的红包是"0.88"几个数字，愤怒地退出了聊天界面。

太过分了！

他自己发的红包，居然只领到这么一点儿！

正因为这么一打岔，周至町的瞌睡彻底没有了。他翻了翻手机，将微信和其他 APP 上面的消息通知一一点开了，点的过程中，他觉得自己好像个垃圾桶一样，随着消息通知越来越少，他的身心也越发舒坦。然而在清理到某条信息的时候，他的手还是顿了一下。

他偏头想了片刻。

他对林阳究竟是一种什么感情？怎么到了现在还不删林阳？

微信上，林阳给他发来了一张电子请柬，上面写明了时间地点和男女主人公，告诉周至町，他林阳，要订婚了。

得。还要多出一份份子钱。

周至町看了一眼照片上笑得灿烂的林阳和新娘子，没滋没味地退了出来。

去参加林阳的订婚宴，他还不如在办公室好好加班呢。

方铛铛是没有想到，林阳居然也给她发了请柬。

她看着短信里那张电子请柬，半晌没有回过神来。

现在的人收礼金已经收得这么穷凶极恶了吗？连她都要发请柬，林阳是多缺钱？

其实方铛铛完全想多了，她忘记了前不久她跟周至町一起去校庆典礼，还被林阳当成了周至町的女朋友。如今林阳要结婚了，不管是出于八卦周至町跟她的原因，还是单纯的礼貌，邀请她都很正常。

况且林阳这个人一向喜欢把面子工程做足，即便那天跟方铛铛闹了不愉快，他也不会给人留下他不会做人、为人小气的把柄。

只可惜方铛铛完全忘记了。

就在她盘算着要不要给林阳送礼金、送多少，还是把他的请柬当个垃圾短信删除的时候，她接到了一个意想不到的电话。

"你好，请问是方铛铛吗？"电话那头是个中年女人的声音，听上去非常焦急，"我是贺弯弯的妈妈。"

方铛铛握住手机的手不由得一顿："贺弯弯？怎么了？"

"我……我今天下班回来，突然发现弯弯不见了，她到你那儿去了吗？"贺母的声音听上去非常无助，听得方铛铛的心也跟着一起揪了起来。

贺弯弯休学这些年，唯一跟她有联系的人就是方铛铛了。贺母也跟方铛铛有过几次联系，但到底不像贺弯弯跟方铛铛联系得那么频繁。

贺母对女儿的事情都不怎么清楚，出了事情，唯一能联系的人就是方铛铛了。

方铛铛一听，连忙安慰她："阿姨你先别着急，弯弯不是那种没有章法的女孩子，她也许只是临时有事情出去了……我，我现在就去找她，找到她我会第一时间给你打电话的好吗？"

安慰人这种事情，方铛铛做起来还不算太熟练，就连跟贺母说话都结结巴巴的。她说完，想了想，发现自己没有遗漏什么，又补充了两句，挂了电话。

方铛铛挂了电话，坐在沙发上，半晌没动。

自从那件事情之后，贺弯弯就一直不怎么接触外面的人，突然之间，她能去哪儿呢？

方铛铛低头看了一眼手中的手机，不知道想起了什么，突然跳了起来。

她她她……她该不会是……

这个念头一冒出来，方铛铛就再也坐不住了。她连忙给贺弯弯拨了个电话过去，响了两声，被挂了。

方铛铛转了两圈，想着她再拨出去，还是会被贺弯弯挂掉，而且会打草惊蛇。她思考了一分钟，果断地给贺弯弯发了条微信过去："你在哪儿？快回电话！"

毫无意外，贺弯弯没有回她。

方铛铛又开始给她发微信:"别冲动!你在哪儿?我和你妈妈都很担心你!"

微信发过去之后,依旧没有回应。

她沉默了几分钟,觉得坐在这里实在煎熬,打算换衣服出去。

然而,她的手机好像跟她有心灵感应一样,她这边刚拿起衣服,手机就响了起来。

方铛铛顾不上换衣服了,一路小跑,一把将手机拿了起来,在看到上面那个名字的时候,她因为太紧张太激动,连着按了好几下才把电话接起来:"喂?弯弯,你在哪儿?"

"我是不甘心。凭什么我要经历这么多痛苦,他却转眼就能把我抛在脑后,事业丰收,爱情美满?"

方铛铛刚刚找到贺弯弯,就被她说得哑火了。

凭什么呢?

她也不知道凭什么。

她只知道,这世间有很多事情不公平,需要你将底线放低一点儿,后退一点儿,就会好办很多。

方铛铛是在周至町他们大学外面那条小路上找到贺弯弯的,她找到人的时候,贺弯弯正坐在大马路上,低着头,不知道在想什么。

方铛铛见到她完好无损,当即松了口气,一把将她拉起来:"你在这里干什么？你知不知道，我和你妈都快急死了！"

贺弯弯也不知道是不是使了个千斤坠的功夫，方铛铛手劲那么大，一时间居然没能把她拉动。她跟个秤砣一样，抬起头来看向方铛铛，眼中全是怨气。

方铛铛一看到她那个表情，原本到嘴边的责骂又硬生生地被憋了回去。她瞬间什么都不敢说了，将身上的刺全都收了起来，小心翼翼地坐到贺弯弯旁边，小声说道："你……你要不要跟我一起去吃点儿东西？"

除了用食物来填补内心的空洞，方铛铛实在找不到什么好办法了。

贺弯弯摇了摇头，眼泪就下来了。她说了最开始那番话，小小的脸上，全是不忿。

方铛铛看着曾经天真乐观的好朋友，变成如今这副怨妇模样，心里也不好受。然而再不好受又能怎么样？受伤吃亏的，永远都是有良心的那个人。

她理智上觉得，就这么看着贺弯弯伤心不太好，于是干巴巴地安慰道："你也别这么说，他……他也就是事业、爱情春风得意了一点儿，外人看他光鲜亮丽，私底下过的什么日子，没几个人知道呢。"

"那我呢？"贺弯弯转过头反问，"那我呢？我什么都没有了。没感情没事业，什么都没有。他凭什么要过得那么好，凭什么可以？凭什么伤害了我之后还能当作什么事情都没有发生过一样，照旧把日

子过得那么好？凭什么？"

凭什么？

大概是凭他没有良心吧。

贺弯弯最后一句话，不由得提高了声音，听上去又尖又厉，方铛铛被她吓了一跳。但马上，方铛铛就伸出手，将贺弯弯抱在怀里，她本身就不擅长安慰人，用拥抱给朋友温暖，已经是她所能想到的最快速的办法了。

一个拥抱，带着淡淡的温暖，让贺弯弯在夜风中瞬间柔软下来。她将头靠在方铛铛身上，低声啜泣起来。

"铛铛，我只是不甘心……我不甘心，凭什么我付出那么多，对方一点儿反应都没有……凭什么……"

世间许多事情，归根结底，大概都是一句"不甘心"。

倘若真有那么多心甘情愿，这世间该少多少痴男怨女？

方铛铛无话可说，她只是伸出手来拍了拍贺弯弯的肩膀，以此来给她点儿温暖和依靠。

"铛铛，我不甘心，真的不甘心。"方铛铛的安慰好像并没能起到多大的作用。贺弯弯猛地从方铛铛肩膀上抬起头来，睁大了眼睛看向她："为什么做了坏事的人可以逍遥，而真正受到伤害的人却要一辈子活在他的阴影下？林阳真的就毫无破绽可言吗？我不信！"

她眼底有一簇火，在漆黑的瞳仁里幽幽跳动。方铛铛被她目光一触,下意识地心中一跳:"你想干什么?"

"我要去揭发他!"贺弯弯握紧了拳头,仿佛这样,就能为自己接下来的举动找到一个合理又合乎正义的出发点,"我不能让他继续诱骗其他女孩子了。"

贺弯弯越说越觉得此事可行,她转过头来看向方铛铛:"铛铛,他未婚妻不知道这件事情吧?我猜肯定不知道。倘若他未婚妻知道他之前做了那么多坏事,心里肯定会有芥蒂的,不可能跟他继续结婚了。那样……"

那样一来,或许林阳的如意算盘就落空了。没有了他未婚妻家里的支持,林阳从今往后想要过得依旧顺遂,基本上是不太可能的。

贺弯弯说完,眼睛都亮起来了。方铛铛看到她那样子,也不忍心戳破她的幻想。她现在的精神状态和情绪并不好,倘若方铛铛贸然开口,搞不好她的情绪又要崩溃。

贺弯弯现在……经不住再一次崩溃了。

方铛铛潜意识里也觉得,贺弯弯这个办法,可行。

是啊,凭什么坏事做尽的人到头来什么都可以得到,而那些真正被他伤害的人,却要一年又一年地沉沦在悲痛当中翻不了身?

凭什么?

方铛铛看向贺弯弯的眼睛里多了几分坚定:"我陪你去把林阳的未婚妻约出来。可是……"她犹豫了一下:"我们到哪儿去找她?"

贺弯弯抬起头:"我早就打听好了。他未婚妻叫黄丽霜,每天晚上这个时候都在学校外面的舞蹈工作室上课,这会儿应该快下课了。"

方铛铛一愣,正想说她连这个都打听好了,贺弯弯已经不由分说地拉着方铛铛,朝着舞蹈工作室走去了。

方铛铛走了两步,听到手机又响了起来,连忙叫住她:"等等,等等,弯弯等等。"

方铛铛拿起手机来看了一眼,发现来电显示是周至町,不知道为什么,她脖子下意识地缩了缩。做完这个动作之后,她才意识到她的反应,又连忙将脖子抻长,仿佛这样她的底气就出来了。

她轻咳一声,接起了电话:"喂?"

与此同时,贺弯弯看她如临大敌,连忙在旁边问她:"谁啊?"

方铛铛说完那个"喂"字,忙着应付贺弯弯,随口说道:"我舅舅。"

"周舅舅"在电话那头听得分明,默默翻了个白眼,顶着一脑门官司,靠在方铛铛家门外的墙上,冷眉冷眼地说道:"大外甥女儿,你在哪儿呢?"

方铛铛心里有鬼,听不得周至町问她,当即嚷嚷起来:"我、我、我,我在哪儿,我在哪儿……我、我、我,我在哪儿……"

好嘛,不需要她说,周至町就知道,她肯定没干好事。

周至町再次沉声问道:"你究竟在哪儿?"

"我……我……我……"方铛铛隔着电话,就被周至町身上散发出来的气场压得连话都说不出来。她结结巴巴了半晌,依然没能想出个合适的借口,只是直觉,今天晚上这件事情,一定不能让周至町知道!

电话那头的"周舅舅"没了耐心,对方铛铛说道:"发个定位过来。"说完,就干脆地挂了电话。

方铛铛迷迷糊糊地给周至町发了个定位过去,发完才想起来自己干了什么,连忙要撤回——然而已经晚了!

电话那头的周至町已经听出了个分明,连个喘息时间都不给方铛铛,连忙打来了夺命电话:"方铛铛,你大晚上想干吗?"

不等方铛铛回答,他就自顾自地补充道:"站在原地,不许走!"说完就烦躁地挂了电话。

贺弯弯站在夜风里,看了看方铛铛,小声说道:"你舅舅,管你管得可真严啊……"

方铛铛缩了缩脖子,感觉即将迎来周至町一顿训斥,冲贺弯弯干笑了两声:"还……还行吧。"

"周舅舅"驾驶他的座驾,不到二十分钟就到了,他车子还没停好,就看到方铛铛像只鹌鹑一样站在树下,臊眉耷眼的,看上去要多可怜有多可怜,他原本的火气瞬间没了踪影。

周至町认命地叹了口气,走到方铛铛面前,居高临下地问她:"你来这儿干吗?"

如果不是他回家,发现方铛铛连大门都没关,他根本就不知道方铛铛大晚上又发了疯。

周至町问完,这才看到方铛铛身后跟着的贺弯弯,隐约明白了什么,将脸上的神情收敛了一些。

方铛铛意识到刚才她们那个决定有点儿蠢,不好意思跟周至町直说,只在一旁低着头,看自己用脚一点儿一点儿把旁边的落叶踩下去。在周至町怀疑她打算要用脚把水泥地踹个洞的时候,一旁被他俩之间诡异的气氛影响的贺弯弯终于忍不住,走了出来。

"那个……舅……不是……"贺弯弯看着"周舅舅"这过于年轻英俊的脸,硬是没把"舅舅"两个字叫出来。

周至町冲她一摆手:"我姓周。"

这三个字成功解救了陷于称呼混乱中的贺弯弯,她马上改了口:"周先生,我是铛铛的好朋友,我叫贺弯弯。这件事情说起来是我不好。是我……拉了铛铛出来,不关她的事……"

好嘛,看来周至町猜得没错,这两个傻妞还真打算过来找林阳麻烦。

可即便是贺弯弯这么说,周至町也没打算放过方铛铛。他轻轻应了一声:"你情绪不好,做出的决定没有什么理智可言,但方铛铛在你身边,居然没有劝你,这就是她的不对了。"

他说这话的时候,眼睛一直盯着方铛铛,那目光好像一根棍子,死死地往方铛铛肩膀上压下去,压得她抬不起头来。

周至町平常那种骂人的架势又出来了,方铛铛认命地听骂。所幸周至町也觉得这种单方面施压没什么趣味,没好气地看了她一眼,走到车前,对两个姑娘说:"走吧,回家。"

他话音刚落,方铛铛和贺弯弯就抬起头看向他,眼中全是不肯。

周至町好不容易压下去的火气瞬间又上来了,他双手叉腰,惊奇地看着她们:"不是,二位小姐,你们还打算干什么?"他看了一眼头顶隐约露出来的星光,说:"大晚上的不睡觉不吃饭,你们对把林阳拉下马来这么感兴趣?他要知道自己这么受你们小姑娘惦记,不知道又要高兴多少天了。"

周至町知道了她们的打算是一回事,真正被周至町说破又是另外一回事。方铛铛没有想到他居然这么不讲章法和情面,当即脸上有点儿挂不住,抬腿轻轻地踢了他一脚,小声说道:"来都来了……"

"我还'大过年的'呢。"周至町阴着脸打断她的话,拉开车门,冲她们俩点了点下巴,"上车。"

方铛铛还是磨磨蹭蹭地不肯跟上来,周至町忍无可忍,直接过去,一把将她拉了过来,塞进车子里。

方铛铛都上车了,贺弯弯也不好继续坚持,跟着她一起,前后脚上了车。

等她们坐稳，周至町才坐了上去，一边系好安全带，一边数落道："我觉得我可能老了吧，不知道你们这些小姑娘心里在想什么。大晚上的你们跑到这里来干什么？就为了找林阳要个说法吗？他如果真的愿意给你们一个说法，还用等这么多年？天真！"

周至町简单粗暴地给她们两个刚才的行为下了定义。方铛铛觉得，她们去找林阳未婚妻这件事情，比直接去找林阳，听上去更加有智商一点儿。她在后座缩着脖子说道："我们没打算去找林阳……"

"哦，那我是不是该说你们还不是太笨？"周至町嘲讽道。

方铛铛被他噎了一下："我们就是觉得，不能让林阳继续骗人了，他未婚妻未必知道他本质上是个什么样的人……"

"你以为你们是什么？飞天小女警还是拯救地球的美少女战士？"周至町依旧毫不留情地吐槽，"你们还打算去找林阳的未婚妻，把林阳是个什么人告诉她？呵。"

他用一个简单直接的语气词表达了他的观点。

周至町说完，才想起来这不是方铛铛一个人的问题，于是后面的话，被他硬生生一转，从吐槽变成了劝告："你们是谁啊，人家林阳的未婚妻凭什么要信你们不信林阳？如果你们是她，突然之间有两个从来不认识的女孩子跑到你面前来说，你男朋友，你未婚夫，不是个好人，你们会选择信谁？"

方铛铛和贺弯弯在后座大气不敢出一声，听着周至町训话。

"先不说这件事情靠谱不靠谱，单单就是你们这种行为，你们觉得你们能伤害到谁？林阳吗？林阳如果有那个良心，他也不会做后面这些事情了。至于你们去找林阳的那个未婚妻，人家姑娘招你们惹你们了，你们要在她订婚之前把真相赤裸裸地撕开给她看？"

"还有，你们真的觉得，用几句话就能让林阳跟他未婚妻反目吗？人家既然能走到结婚这一步，感情当中掺杂了多少利益，你们知道吗？你们得有多傻，才会觉得光靠两三句话，就能让他未婚妻放弃林阳这么一只潜力股，听你们的鬼话。"

后面的方铛铛和贺弯弯一句话也不说，想来是被他这么赤裸裸的说法给吓傻了。

周至町说完，猛地顿住了，他这才意识到自己刚才的情绪发泄得有些过头了。他深吸了一口气，正想着怎么补救，还没有想好怎么开口，就听到方铛铛的声音从后座传来："那什么，你怎么知道，我跟弯弯，我们……嗯……那什么的？"

"还需要知道吗？"周至町通过后视镜瞥了她一眼，"我回家一看，你连大门都没有关。"他还以为方铛铛出事了，正在满世界找她，谁知道电话却打通了。再加上她在电话里支支吾吾的样子，和发来的定位，他要是还不知道她干吗去了，那就跟方铛铛一样，是个棒槌！

方铛铛自知理亏，不敢发声。

倒是旁边的贺弯弯,听了周至町这句话后,不可置信地睁大了眼睛,看向方铛铛:"你们住在一起?"

虽然贺弯弯有的时候脑子不是很清楚,但她还是很会抓重点的。

"不是。"贺弯弯感觉好像有什么东西不一样了,她用一种全新的眼神打量着方铛铛和周至町,"你们……你们……你们真的住在一起……"

眼看着贺弯弯的思维要朝着一些不可言说的方向奔去了,方铛铛连忙出声解释:"我跟他可什么都没有,我们是邻居。"

"邻居?"贺弯弯歪头看她,"邻居又怎么成了舅舅和外甥女?"

这关系好混乱啊,但听上去让人莫名有些激动是怎么回事?

此事说来话长,不是一两句话能说清楚的。

方铛铛干脆闭嘴了。

前面的周至町闷声笑了起来,轻轻咧了咧嘴。

活该方铛铛吃瘪,叫她乱认舅舅。

周至町任劳任怨地把两个女孩子送回家,走到门口,他对方铛铛和贺弯弯说道:"你们先休息,我去帮你们买点儿吃的。剩下的,别多想,明天早上起来该干吗干吗。"

贺弯弯点了点头,正要进去。眼见周至町要离开,方铛铛却连忙叫住了他:"哎,等等。"

周至町转过身来看向她,只见方铛铛径直走过来:"我跟你一起去。"

他们两人，一前一后地进了电梯。安静了片刻之后，方铛铛才轻咳了一声，干巴巴地说道："今天，谢谢你了。"

今天如果不是周至町，她和贺弯弯还不知道要闹出多大的笑话。

当时被贺弯弯的几句话一说，方铛铛也忘了思考，如今冷静下来仔细想想，周至町说得也有道理。

的确，能走到婚姻这一步，两人都不再是单纯地靠感情来维系关系了，恐怕利益占的比例还要大一些。况且，做了错事的人是林阳，应该受惩罚的人也是他才对，迁怒他的未婚妻，毫无理由。

周至町瞥了她一眼，在方铛铛看不到的地方，眼波流转，他强行压住要翘起来的嘴角，装作不在意地说道："我怎么会跟你一般见识。"

方铛铛看了周至町一眼，想到他刚才帮了自己一把，没好意思喷他。

周至町一看她那个表情就知道她在想什么，他现在心情正好，不想跟方铛铛一般见识，当即一挥手："你想问什么就问，磨磨叽叽的，不像你。"

"真的可以问吗？"方铛铛抬头看向他，一副无知者无畏的样子，"那我就问了哈。先说好，是你自己说可以问的，可不是我非要问的。"

她先打了个预防针，然后轻咳了一声："我想问，你跟林阳，究竟是怎么闹翻的？"

方铛铛说完，就明显地感觉到空气凝滞了一下。她的心跟着一起提了起来："那什么，你要是觉得难开口就算……"

叮——

话没有说完，电梯就到了，周至町笑了一声："有什么难开口的。"

他率先迈开步子，走在前面："我跟林阳，以前还算是好朋友吧，高中和大学都是同班同学，还是室友。"

周至町步子不停，朝着不远处的一家粥店走去："他跟我一个专业，还是一个年级，我们两个爱好差不多，自然就熟悉起来了。"

他们之间，虽然有竞争，但还有几分惺惺相惜的味道。

只不过，这种惺惺相惜，只有周至町一个人这么觉得。

"我……"周至町顿了顿，方才说，"我们硕士快毕业的时候，我和林阳竞争一个博士名额。那个导师就是现在带他的那个，也是我一直很想跟的老师，在他和我之间，老师……更偏向我一些。本来我以为，我和林阳会继续当几年同门师兄弟，却没有想到，在毕业之前，我的硕士论文被人揭发是抄袭的。"

方铛铛下意识地睁大了眼睛。

硕士论文抄袭意味着什么，不言而喻。

那不仅仅是硕士学位拿不到的问题，紧跟着的还有学术造假、名声变臭，以前的所有荣誉都不再被人承认……

这对于周至町而言，有多么难以接受？

他明明是一个那么傲气的人……

周至町走了两步,见方铛铛没有跟上来,转过身来,看到她的表情,一下笑了起来:"你那什么表情?"

第九章
表白拉锯战

方铛铛的脸,好像被放在冰水里冻过一样,显得格外触目惊心。周至町还是第一次在她脸上看到这种表情,觉得有些惊讶。

想来也是,方铛铛这人最喜欢的就是吃饱了睡睡饱了吃,二师兄都没她过得坦然,能看到她心疼一个人,如何不让周至町惊讶?

刚才还因为说起林阳有些心凉的周至町见到方铛铛如此模样,心里渐渐回暖。他走过来,拉住方铛铛:"行了,都过去好久了,我早就不介怀了。"

方铛铛看了他一眼,对他这句话不是很相信。

周至町被她这么一看,有点儿不好意思。

他悻悻地摸了摸鼻子:"好吧,也不是一点儿不介怀,但事情已经发生了,我也没办法不是吗?况且,这件事情,我也不是完全没有责任。毕业论文那么重要的东西,我居然随便给人看,还能随便给人做手脚,我自己本身就有问题。"

周至町说完,神情坦然了很多。他一直都是这么想的,倒不是故意要在方铛铛面前展示自己的大方才这么说。

方铛铛犹豫了一下,开口道:"你什么时候知道是他做的?"

"基本上被爆出来的第一时间吧。"周至町走到粥店前台,简单地点了餐,转过头来对方铛铛说,"我又不傻,排除一下,然后联想起最近的反常情况,基本上就能知道是谁了。"

眼看方铛铛要张口,周至町打断她的话:"至于为什么不拆穿,一则是因为我没有证据,既然没有证据,那么再多的怀疑都只能是怀疑。"

这也是周至町这么多年一直没有说的原因。

方铛铛等了一会儿,眼见粥店都已经把饭菜给他们打包好了,周至町还没有说"二",她不由得问他:"二呢?"

"二……"周至町低头笑了一下,"二嘛……"他将最后那个语气词拖得又长又婉转。方铛铛如同被胡萝卜勾引的兔子,当真昂着脑袋听他"二"后面要接个什么,谁知等了半天,只等到他将手臂放在她肩膀上,抱了她一下:"没二了。"

方铛铛当即抬腿要踢他,他却像是早就猜到了她要做什么一样,轻轻一侧身,避开了她一脚,笑着走了出去:"走了走了,你朋友还在家里呢。"

他走出门,笑容灿烂,好像这些年来从未尝到辛酸苦楚。

方铛铛看着他离开的背影,心中泛起一丝难得的温柔。

她自认为不是什么心志坚定的人,否则也不可能这么排斥跟人相处了。经历了那样的事情之后,也只有周至町还能若无其事地整装待发,甚至比之前过得还要好。

绝地反击是本事,触底反弹也要力气。

"周至町。"方铛铛在背后叫住他。

"嗯?"周至町转过头看向她。

她站在路灯下,昏黄的灯光洒在她头上,让她看上去有种少见的安宁。

"你就没有恨过吗?"

恨林阳,恨世道。

林阳利用了周至町对他的信任,坑了周至町一把不说,还让周至町那么狼狈,永远不可能走上他自己想要走的道路。

至于世道,周至町以前过得有多顺风顺水,后来就有多艰难。曾经的那些赞扬,在他被人诬陷抄袭之后,全都变成了恶鬼反噬他。

不是流言蜚语让周至町难堪和煎熬,而是这件事情本身,对他的自尊心有着毁灭性的打击。

周至町听了她的话,脚步微微一顿。随即,他笑起来,在方铛铛后脑勺上拍了一下:"想什么呢。"

他脸上的笑容当真没有一点儿阴霾："凡人哪儿来那么多的爱恨情仇？忙着一日三餐、还车贷房贷都来不及，爱恨情仇都是你们这些中二病闲着没事才闹出来的。"

她真想打周至町一顿！

方铛铛最终没有打他，毕竟吃人家嘴软。周至町虽然嘴欠，但是对于美食的鉴赏能力还是挺高的，他买来的鸡丝粥温热又鲜美，原本没什么胃口的方铛铛喝了一大碗。

"啊！"方铛铛夸张地放下碗，赞叹道，"真好吃啊！我以前怎么没有发现楼底下居然有这么好吃的一家粥店呢？"

居然差点儿错过了，如果不是周至町带她去，她都不知道这家店的存在。

被方铛铛影响，贺弯弯也有了点儿胃口，她端起饭碗，喝了一小口，看了看方铛铛，脸上露出几分欲言又止的神情。

方铛铛瞥到她的表情，连忙问："怎么了？"

贺弯弯想了想，小心翼翼地说："这个周先生……你们很熟？"

方铛铛想也没想地就点头："对啊。"

贺弯弯突然就笑起来："我就说呢，你一直都不怎么喜欢跟人打交道，突然之间有个跟你这么……呃……"贺弯弯想了一下，才说了个比较恰当的词："有个对你这么好的人出现，我还挺为你高兴的。"

"对我好?"方铛铛惊讶道,"怎么就对我好了?"

"对你还不好啊?"贺弯弯好笑地看着她,"一个年轻男人,跟你非亲非故,又是专程来接你,又是给你买粥,在我不知道的时候,肯定还为你做了更多的事情吧?这还不好?如今的男男女女,觅食都还来不及,能分出这么多精力来为你做这些,已经很难得了。这不是好,是什么?"

周至町对自己……好吗?

方铛铛心中一动,像是被人拨动了心上那根久久不动的弦,余音袅袅,心痒难耐。

贺弯弯这么一说,她发现,好像的确是那么回事。

周至町对她,是……挺不错的。

不仅帮她找工作,还帮她解围,甚至大老远地来接她……如此种种,除了对她好之外,好像也没有其他解释了。

贺弯弯打量了一眼方铛铛,想了想,说道:"你不觉得一个跟你非亲非故的男青年,对你这么好,有点儿别样的意思吗?"

方铛铛一听她的话,就双目无神地看着她,很显然是没有把周至町跟"别样的意思"联系起来。

贺弯弯一见方铛铛那样子,就知道她肯定从来没有往这方面想过,她叹了口气,感觉"委婉"对于方铛铛而言,简直就是对牛弹琴,干脆直接点明:"方铛铛啊方铛铛,你是不是看漫画看傻了?周先生,长得不错，工作不错，收入不错，这么一个大好青年，每天不忙着去开疆拓土，反而对你嘘寒问暖，你以为他对你真的是长辈对晚辈的关心吗？"

方铛铛被贺弯弯一席话说愣了，半晌才犹犹豫豫地回应道："那、那、那……那不然呢？"

贺弯弯白眼如刀，飞出来就能把方铛铛的脑袋剃成个秃瓢："方铛铛啊方铛铛，人家不缺女朋友，还能缺外甥女吗？"

方铛铛被贺弯弯一通数落，只敢小声叨叨："没准他父爱泛滥呢……"

贺弯弯被方铛铛气笑了："你爹对你父爱泛滥吗？"

方铛铛被贺弯弯一句话扼住咽喉。

她爹要是对她有父爱的话，她也不用这么多年都生活在她父母的阴影之下了。

贺弯弯看她那样子，轻轻叹了口气，直言道："铛铛，现在遇到个喜欢自己又真诚的人不容易，你不妨试着接受他。周先生这么帅，你也不亏。"

方铛铛眨了两下眼睛，有些茫然地抬起头来看向贺弯弯："这么……这么轻易吗？"

接受一个人的好，这么轻易吗？

"那你要怎么样？你看的漫画里面，既有惊天动地、轰轰烈烈开

始的热血漫画，也有平平淡淡、于不经意间心动的少女漫画。你为什么总想选一个和你根本不兼容的东西？"

方铛铛被她说得哑口无言，缓了缓，才说道："我……我不知道，我很矛盾……"

如果不是贺弯弯今天晚上直接指出来，方铛铛可能还会当一段时间掩耳盗铃的人。

她是真的傻得什么都感觉不到吗？

未必吧。

方铛铛虽然不擅长交际，但并不代表她蠢，蠢到对人际关系毫无感觉。甚至，因为天生心思细腻，她比一般人对人际关系感知还要敏感一些。微妙的厌烦或者喜欢，她都能立刻察觉。

至于为什么一直忽视周至町对她的好，她如今才后知后觉，也许是因为她惧怕处理一段新的关系，于是宁愿继续待在原地装聋作哑，以为这样就能长久地维持下去。

但那怎么可能呢？

且不说一个人若是长久地付出，会不会不耐烦、会不会心中不平衡，单单就是方铛铛，她真舍得周至町这般没有结果地付出吗？

她不舍得。

这么多年来，周至町可是唯一一个愿意主动走近她的人，他那么好，又受到了那么多伤害，她哪里舍得让他继续吃苦呢？

但她一直有意无意地忽视周至町对她的好,甚至跟他认识这么久,从来没有认真地想过这件事情。

如果不是今天晚上被贺弯弯问起,她都想不起来。

要好好反思一下。

"我……我其实有点儿怕……"方铛铛声音干涩,"我从小没有接触过爱情,也不知道爱情是什么样子……"

人在面临自己从来没有接触过的事情时,会本能地感觉到害怕,尤其像方铛铛这样从小在父母高压政策下长大的孩子。她本就胆小,不太会跟人接触,更别说,青春期刚刚接触异性和爱情,贺弯弯用她的亲身经历给方铛铛上了相当深刻的一课。

方铛铛在潜意识里,就更加不敢接触"爱情"这个东西了。

贺弯弯不愧是她认识多年的好朋友,方铛铛才开了个头,她就知道方铛铛接下来要说什么。

贺弯弯笑了一下:"爱情本身就是很美妙的事情。"虽然这句话从她口中说出来有点儿不可信。"你不能因为某些人不好,就否定了某一类群体。这样对那些品行端正的人来说,岂不是不公平吗?"

道理是这个道理,但是……方铛铛做不到。

贺弯弯见她不说话,耸了耸肩,知道自己在这儿现身说法没有什么说服力,干脆换了个说法:"你继续无视周先生,将来等他心凉了,喜欢上了其他妹子,你可别后悔啊。"

说完,贺弯弯将面前的粥一股脑儿喝光,站起身来,迤迤然朝卧室走去了。

剩下方铛铛一个人,看着那个已经空了的粥碗,若有所思。

周至町并不知道他无形当中又被林阳坑了一把,他现在满脑子都是刚才方铛铛问他旧事时的样子。

方铛铛不开窍,这件事情他是知道的。她今天突然这么问……是不是就说明,也许在方铛铛心中,对他也不是毫无感觉呢?

思及此,周至町顿时觉得困意都没了,再也睡不着,翻了个身爬起来,朝着门口走去。

周至町走到方铛铛家门口,伸手按了门铃。

屋内的方铛铛已经在直播了,突然听到有人按门铃,顿时吓了一跳。不等她起身去看来人是谁,门外就响起周至町的声音:"方铛铛,开门。"

反正整层楼就他们两户人,他也不怕扰民。

贺弯弯今天累了一天,早已经睡得不省人事。不知道为什么,方铛铛听到周至町的声音,就跟见鬼了一样,心慌脸烧起来,一个字也说不出。

周至町见她不开门,也不再喊她,干脆直接给她打了电话。

方铛铛听到门外没了声音,心刚放下大半,没想到手机就响了。

手机振动，吓得方铛铛手足无措，她手忙脚乱地拿起手机，正打算把电话挂了，门外的周至町就像是知道她要干什么一样，不慌不忙地喊道："方铛铛，你要敢挂电话，我就马上叫物业来，说你家被入室抢劫了。"

方铛铛放在拒接键上的手一顿。

周至町每次都能刷新下限。

他看了一眼因为长时间没人接而断掉的电话，又重新拨了过去。

反正今天晚上要是不把这件事情问清楚，他就不睡觉！

他不睡觉，方铛铛也别想睡！

屋内的方铛铛可不知道周至町打的什么烂主意，她只想赶紧把周至町打发了。真要等到物业来了，那对于方铛铛而言，应付他们又要费一番周折。

她深吸了一口气，颇有些忍辱负重地一闭眼，手跟烫到了一样，飞快地接起了电话："喂？"

电话那头没有声音。

方铛铛又结巴起来："你、你、你……你要是没什么话说，我就挂电话了。"

电话那边传来周至町懒散的声音："我还以为你要装鸵鸟一辈子呢。"

这人！

方铛铛的脸又开始发烫,她舌头打了结一样:"我、我、我……我哪有?我、我、我……我不是接了你的电话了吗?你、你、你……你想说什么?"

"哈哈!"周至町不可抑制地笑起来,声音低沉,好像回荡在耳边一样。方铛铛感觉自己快窒息了,只听周至町说:"我打电话,的确是有件事情要问你,不问清楚睡不着。"

明明周至町一个字都没有提,方铛铛却像是跟他有心电感应一样,已经知道了他要问什么。她大气也不敢出,高考查分都没有这么紧张。

"我想问你,今天晚上你问我那件事情,为什么?"生怕她开口搪塞,周至町又说道,"你那样子可不像是普通朋友之间的关心啊。"

方铛铛连忙说道:"不是普通朋友,还能是什么?"

周至町顺口接过来:"可是我从来没有当这是普通朋友间的关心。"

方铛铛觉得自己的心跳好像漏了一拍。

她仿佛晃晃悠悠升到半空中,没有依托,生怕摔下去,她的结局就是一摊烂泥。

她明知道会是这个结果,可还是舍不得挂掉电话。

方铛铛下意识地握紧了手机,连大气都不敢出。

周至町仿佛看到了她此刻的窘迫,脸上露出一丝若有若无的笑容。他正要把后面那句话顺理成章地说出来,突然电话里传来嘀的一声。

方铛铛这个大傻妞，居然把电话挂了！

周至町目瞪口呆地看着手机，有些不敢相信。他瞪着眼睛看了半天，当即愤怒了，站在门口，颇有些骂街的架势，冲屋内喊话："方铛铛，你给我出来！你挂什么电话，把话说清楚！"

屋内的方铛铛干脆捂住耳朵，仿佛这样才能将周至町的魔音隔绝在屋外。

她一边捂着耳朵一边摇头，嘴里默念："不听不听，王八念经。"突然之间又像是想到了什么一样，连忙重新拿起手机，拨通了物业的手机。

对不起了周至町。

方铛铛给桌子上的手机作了个揖，神情虔诚得堪比上坟。

为了避免周至町打电话叫物业，她只能先下手了。

"方铛铛，你给我开门，快点儿！"方铛铛那家伙，可能是聋了，任凭周至町在外面跳脚，她自在家岿然不动。不仅如此，在周至町连续打了两次电话之后，他发现——方铛铛居然把他拉黑了！

话说到一半，方铛铛将他噎了回来，这算什么？这不跟上厕所被人突然打断一样吗？周至町失去了酣畅淋漓的感觉，更加下定决心，今天晚上，一定要把方铛铛那句话给逼问出来。

要不然，她还真以为自己是个见人就暖的男人！

周至町叫累了，换了个姿势，打算继续。他抬起手还没开始拍门，背后就传来一个男人的声音："先生？先生？"

他转头看了一眼，物业的保安冲他露出一个天真又亲切的笑容："先生，刚才有人投诉您扰民。"

方铛铛！

周至町被气成了个葫芦，并且维持着葫芦的形状离开了。

门口终于清静下来，方铛铛松了口气，又虔诚地朝手机拜了拜。她转过身，正打算继续刚才的直播，一点电脑，整个人都僵住了！

刚才她接电话的时候，忘了关麦克风，她和周至町的对话，完完全全、齐齐整整，全都传到了直播平台上！

眼看着弹幕里已经开始用文字给他们放烟火，命令他们立刻结婚了，方铛铛哀号一声，一头将脸扎进了臂弯里。

天杀的周至町！

这次让她怎么解释？

方铛铛号了半响，抬起眼睛，偷偷打量了一眼电脑屏幕，见上面的弹幕依然疯狂得好像可以跳出来，啪的一声，她关掉了麦克风。

下次她该怎么面对她的听众？

都怪周至町！

第二天一早,方铛铛醒来之后第一件事情,就是哆哆嗦嗦地打开直播平台,先是半闭着眼睛,掩耳盗铃一样看了看昨天晚上的弹幕,发现基本上还是那些话,已经受过刺激的她平静下来,劫后余生般退了出来。

"方铛铛。"她才刚放下手机,面前就多了另一部手机。

贺弯弯叼着牙刷举着手机,看着她:"昨天晚上我睡着之后你干吗去了?今天早上你喜提热搜,恭喜啊。"

方铛铛定睛一看,微博热搜榜上那个明晃晃的"失语游民"挂在上面。

她一口气上不来,差点儿晕厥。眼看就要白眼一翻,借此遁走,贺弯弯连忙掐住她的虎口,硬是让她痛得清醒了。

已经在微博热搜里面补全了整个事件经过的贺弯弯摇了摇头:"我说什么来着,也就只有你才把人家周先生当舅舅。"

睡了一觉起来,贺弯弯已经没有一点儿昨天晚上那副幽怨的样子了,她面色红润、神情坦然,看上去跟每一个积极向上、认真生活的女孩子没有任何两样。

她拿出牙刷,对着方铛铛"口吐白沫":"人家都上门表白了,方铛铛你还要装鸵鸟到什么时候?"

"表、表……表白?"方铛铛舌头打结,"昨天晚上那……那算表白?"

"不然呢?"贺弯弯恨铁不成钢,"不是,方铛铛,你打算怎样啊?人家周至町也足够有诚意了,要不是看你实在不是个谈恋爱的料,人家多半都要以为你是个'绿茶'了。"

一不小心被人质疑了人品,方铛铛忽然明白了。她叹了叹气,将头埋进手臂里:"行吧行吧,我知道了。"

贺弯弯说得对,方铛铛一味这么逃避下去也不是办法,何况她对周至町并不是毫无感觉。

是要找个合适的时机跟他说清楚的。

只是……

"啊——"方铛铛发出灵魂深处的呐喊,"我这个热搜要怎么办?啊——"

贺弯弯白了她一眼,转身走了。

周至町从今天早上开始,脸色就一直不怎么好。也对,他昨天晚上被方铛铛那么说了一通,脸色不好是正常的。

大家都知道周总今天情绪不佳,很有眼色地不去触他霉头。但偏偏有些人发工资不需要周总签字,仗着自己掌管公司财务大权,十分不怕死地哪壶不开提哪壶了。

于飞坐在周至町的椅子上,霸占了他的早饭,不仅如此,还非常自觉地说道:"你今天早上脸色又不好,你那外甥女又惹你了?"

周至町转过头来，向他翻了个白眼。

可惜于飞不能完全看懂他的眼神，舀了一勺粥继续说："我这种正经人，不太能体会你们这种人的乐趣。不过，我真诚地建议你们好好读读公民行为守则，有些'辣眼睛、辣耳朵'的东西就不要流传出来了。"

于飞好不容易逮到一个机会，能好好地数落一下周至町，他才不会轻易放弃呢。

"毕竟，谈恋爱是你们自己的事情，但是有伤风化、影响共建文明城市与和谐社会，就是我们大家的事情。"他一抬头，"哦，我忘了，你俩还没有开始谈恋爱。"他十分真诚地跟周至町道歉，"抱歉，无形中把你的进度提前了。"

"把饭还给我。"周至町面无表情，伸手就要把饭抢回来。

于飞赶紧端着盒子一抬手："哎，别！"他制止道："你想不想知道，好兄弟我怎么给你支招？"

周至町看着他，在心里飞快地分析这件事情的可行性。

然而，半秒钟之后，他就在心里嫌弃了自己一番。

他是真的有病，才会觉得于飞讲的话是真的。

周至町一把将他的粥抢过来，言简意赅地指着门口说了一个字："滚！"

他连一粒米都不想给于飞留！

于飞恋恋不舍地看了一眼被周至町护在怀中的早饭，舔了一下大拇指，脸上挤出一个笑容，打算跟周至町商量："不是，周总……"

周至町抬头："滚！"

"我就是想问你这粥哪里买的，还挺好……"

周至町一把将怀中的粥扔到了垃圾桶，接着，推开来不及捶胸顿足的于飞，强行将他赶出了办公室。

周至町回过头来，越想越觉得这件事情不能就这样子。

继续这么下去，连于飞都要爬到他头上来了，简直是笑话。他这张老脸还要不要？

这么一想，周至町不觉得昨天晚上方铛铛扎了他的心。他挑了挑眉毛，计上心来，转身走到办公室外，对行政主任招了招手："苗姐，有件事情要你帮下忙。"

有贺弯弯带着，方铛铛这两天在外面待的时间长了一些，今天早上也不例外，就在她们打算出去逛的时候，方铛铛的手机响了。

她一看，是个陌生号码，顿时不敢接了。可电话却像是长了眼睛一样，她不接就不依不饶地响，响得她心慌意乱。

自从昨天晚上之后，她对手机就有了心理阴影。

都怪这个周至町！

感觉到贺弯弯看她的眼神越来越怪，方铛铛心里有鬼，唯恐贺弯弯又要问起昨晚的事情，于是将电话接了起来。

电话那头，既不是什么洪水猛兽，也不是什么彪形大汉，而是一个声音相当温柔的年轻女子，非常有礼貌地问："请问是方铛铛女士吗？"

"是，是我。"方铛铛连忙将舌头捋直，唯恐自己出洋相。

"哦，是这样的。我是周至町先生的秘书。"苗姐抬头看了一眼周至町，用眼神询问他，真的要这么说吗？

周至町回给她一个肯定的眼神。

苗姐抿了抿唇，为了工作，将脸皮豁了出去："周总刚刚喝了点儿酒，状态不是很好，你们住一起，能不能麻烦你到公司来把他接回去？"

方铛铛想也没想就说："大早上的，他喝什么酒？"

苗姐哑口无言。

她就说，这个谎，撒得低级极了！

苗姐开了免提，周至町听得一清二楚。他身子一僵，脸上还要保持微笑，但如果仔细看，就能发现他脸上的笑容跟他身体一样僵硬。

方铛铛这个尿货傻妞！当着别人的面连话都说不出来，骂他倒是一套一套的。

苗姐在内心叹了口气，只得继续把谎话想办法圆回来："这

个……领导的事情我们也不方便打听。能不能麻烦方小姐你过来一趟？周总看上去很不舒服……"

苗姐的声音软绵绵的，让方铛铛不好拒绝。况且，她心里有鬼，听到周至町喝酒，就自动联系起昨天晚上她把周至町关在屋外，还叫来了物业的事情。

方铛铛犹豫了一下："那……行吧，麻烦把地址跟我说一下。"

苗姐挂了电话，抬起头来看向周至町，冲他比了个 OK 的手势。

尽管在旁边听得清清楚楚，周至町还是等到苗姐给他回信，才松了口气。只是，他脸上僵硬的笑容还没有来得及完全展开，就见苗姐像是突然想起了什么一样，犯难地说道："周总，我突然……想到一件事情。"

周至町心里升起一丝不好的预感。

苗姐一边打量着他的表情，一边继续道："那个，你十点钟约了志成的王总谈事情……推不掉……"

周至町抬手看了下表，苗姐又诚恳地补充："九点四十分了。"

周至町扯了扯嘴角："我知道。"他维持着自己脸上那个皮笑肉不笑的表情，下了决心："这样，方铛铛来了之后你帮我把她留住，一定一定要把人留住了。"

再不把人留住，他真的没法儿跟方铛铛继续相处了。

工作挣钱虽然重要，但是未来老婆，更加重要啊！

周至町的公司距离他住的地方不到十分钟的路程。自己当了老板就是这点好，有钱，想买哪里的房子就买哪里的房子，办公地点还能随便选。

方铛铛在内心吐槽了一下周至町这个万恶的资本家，心里感觉平衡了一点儿。她不计较周至町大早上把她叫出来的事情了，朝着周至町的公司走去。

创业型公司，想来人也不会很多，但该有的都有。方铛铛走到前台，正要报名字，就听到后面传来一个男人的声音："方铛铛？"

她回头一看，发现于飞捧着个饭盒走了过来，饭盒上的标识，还是昨天晚上周至町带她去的那家餐厅。

一想到昨天晚上，方铛铛就有点儿头疼。她感觉，自从她做了缺德事，身边的所有人都在提醒着她，让她想此地无银三百两都不行。

见方铛铛盯着那碗倒霉的粥，于飞不解："怎么了？"

这两口子什么毛病？都看不惯他喝粥吗？

方铛铛摇了摇头。于飞走上前来："来找周至町的？"

她点了点头。

于飞能和周至町当这么多年的好朋友，不得不说，还是有几分共性的，起码他们话一样多，即便面对方铛铛这个锯嘴葫芦，也丝毫不受影响。

不等方铛铛问，于飞就说："哦，他有事情出去了。"

方铛铛问道："他不是喝醉酒了吗？"

于飞可能是周至町的克星："什么啊，谁大早上喝……"他话都说完了，才意识到自己刚才说了什么，连忙要闭嘴，可是已经晚了，方铛铛已经知道，这件事情从头到尾就是周至町的骗局。

她愤怒了，觉得周至町这个男人简直无聊、幼稚到了极点。

昨天晚上她不就是叫了物业来吗？周至町用得着用这样的办法故意整她吗？

眼见方铛铛的脸色越来越不好，于飞连忙补救："那个，周至町今天早上干了什么我也不清楚，不过我们这种创业型公司，难保不遇到一两个奇葩，喝酒，喝酒也是可能的，对，可能的……"

于飞的胡说八道在方铛铛的注视下，越来越小声，到了最后，连他自己都不知道自己在说什么了。

于飞抿了抿唇，虽然他跟周至町经常相爱相杀，但是事关人家的终身大事，他觉得还是不能轻视，干脆二话不说，一把将方铛铛拉着，朝自己的办公室走去："走走走，周至町过一会儿就回来了，你到我办公室等等他吧。"

方铛铛就这么被于飞一路裹挟着到了他办公室，又被他强行按在沙发上。从未跟周至町和她爸爸以外的男性独处过的方铛铛，显得有些局促不安。

于飞给她端了杯水,坐到她面前,搓了搓手,犹豫着说道:"那个……"他开了个头,却没有想好接下来应该怎么说。

偏偏方铛铛又是个不会接话的,一时之间,跟于飞大眼瞪小眼。

两人相顾无言,眼看着这种尴尬气氛都能把人杀死了。于飞突然一拍大腿,把心一横:"方铛铛,你觉得我这个兄弟怎么样?"

第十章
我要我们在一起

"咳咳咳……"方铛铛猝不及防,被他惊得一口水呛了出来。

于飞被她这个反应弄得有点儿不好意思,不过话已经说出口了,再想收回去也不现实,只能硬着头皮继续说道:"那个,你看,周至町长得不丑,还有点儿帅,虽然没有我帅吧,但也可以了,毕竟不是每个人都能有我这样……不是,我的意思是,你没看出来周至町喜欢你吗?"

"咳咳咳!"于飞话音刚落,方铛铛又发出了一阵惊天动地的咳嗽声,咳得于飞更加不好意思了。

她避开于飞的目光,脸不自觉地红了起来。这两天也不知道怎么回事,怎么一个两个都跑来跟她说周至町喜欢她?

贺弯弯这么问也就算了,毕竟她俩是多年好友,但是于飞这么问是什么意思?方铛铛跟他并不熟啊!

于飞看方铛铛那样子,自动将她的反应理解为不知道。他"哦"了一声,说道:"没事,你不知道也很正常,周至町那厮也不干人事,正常正常。"

于飞说完,在心里暗骂了周至町一声。想他于飞堂堂青年才俊,从来只有人家给他说媒拉纤的,他何曾这么操心过别人?还不是看周至町太不争气了。

于飞自认为有一颗为了周至町娶媳妇操不尽的心,于是硬着头皮继续跟方铛铛谈:"那个,方铛铛,你应该能感觉到后面的事情该怎么办,这个这个……这个你也知道,对吧?那……那我就不多说了,你们……你们自己看着办吧,看着办啊。"

一瞬间,他又从操心"儿子"婚事的"老父亲"变成了被迫给青春期"女儿"上生理课的"老父亲",不管怎么样,总之都是同一款"老父亲"。于飞说完,转过脸,避开方铛铛可能朝他看来的目光——简直太丢人了!他明明也跟周至町一样啊!他操心周至町娶媳妇的事情,可他的媳妇还没娶呢!谁来操心操心他?

可惜方铛铛听不见于飞此刻心中的呐喊,好不容易等到他说完,方铛铛已经臊得头都抬不起来了。联想起昨天晚上干的那些事情,她深深觉得,周至町对她还算是爱得深沉。

她本来想离开的,屁股抬起一半,又觉得这么离开不太好,于是强行让自己忍着尴尬坐了下来,试探着问于飞:"周至町……真的喜欢我？"

她这问题一出，于飞立刻睁大了眼睛，下意识地反问："不然呢？"

方铛铛闭上了嘴。

于飞见她这样的反应，不知道该说什么好了。

"不是，姑娘，周至町这么一个大好青年，如果不是对你有意思，他何必花这么多时间跟精力在你身上，把时间和精力拿去挣钱不好吗？"

得，又跟贺弯弯一个说法。

方铛铛抿唇不语。

刚开始说这些的时候，于飞还觉得有点儿不好意思，但话已经说开了，他便觉得没有什么不能说的了，索性厚着脸皮，敞开了直说："你要是喜欢他，就给点儿回应。"

于飞说完顿了顿，试探着问道："我看你这样子也不像是不喜欢他，是吧？"

他刚刚说完，方铛铛的脸瞬间就烧了起来。她原本就生得白净，此刻脸红得像把自己放进了炉子里一样。

方铛铛手足无措，于飞也觉得刚才的话说得有点儿明显，干咳了几声，正打算补救补救，把他岌岌可危的形象挽救回来。然而，等咳到声音都哑了，他还没有想好该怎么跟方铛铛说。

气氛一度尴尬极了,就在于飞快要把嗓子咳破,跟方铛铛大眼瞪小眼的时候,终于有人来解救他了。

苗姐站在门外问他:"于总,这边有个文件需要你签下字,你能过来看看吗?"

于飞立刻从沙发上弹了起来,连忙说道:"好好好,我这就来。"

他拉开门要走,突然又像是想起了什么一样,转过身来看向方铛铛:"你就在我办公室里稍微坐一会儿吧,正好可以等周至町回来。至于你们两个的事情,你也可以趁此机会好好想想。"

说完,于飞连忙逃一般离开了。

他一个风华正茂的青年才俊,实在不适合给这种青春期少女做心理辅导工作,往后这种事情还是让周至町自己来最好。

于飞走了,偌大的办公室里只剩下方铛铛一个人。这会儿她才有精力和脑子去思考他刚才说的话。

她从来都不曾怀疑周至町对她的感情,也不觉得自己对周至町就毫无情意。

以她的性格,倘若不是真的喜欢这个人,她怎么可能允许周至町在她身边待这么久呢?她不戳破,不过是没有那个胆子。

现在的状态于她而言,称得上是最好的了。她既不用去想生活中突然出现了一个人,要怎么跟这个人相处;也不用去想假如这个人有朝一日离开了她,她应该怎么办。

她只需要享受周至町对她的好就行了。

可是，这样对周至町而言，就真的好吗？

正如昨天晚上她所想的那般，就算感情再深，又有谁能够心甘情愿地一直付出，而不求任何回应呢？

她这样做到底是自私了一些，不过是拿胆小当借口，心安理得地享受周至町对她的好。

思及此，方铛铛的心里没有缘由地升起一丝难过来。

她虽说称不上多么善良高尚，但人品还算是过得去。可这样的她，跟玩弄贺弯弯感情的林阳比起来又有什么区别？

一想到自己跟林阳那种小人没有区别，方铛铛顿时觉得心里难过得好像吃了黄连一样，苦不堪言。

不行，她一定不能允许自己变成林阳那个样子，不管是为了周至町，还是为了她自己，都不行。

此刻，门外响起前台小姐甜美的声音："周总，你回来了？"

方铛铛惊得立刻从沙发上弹了起来。

周至町回来了？

她想都没想，一把拉开了办公室的门，正好就看到周至町和前台小姐打完招呼，笑着走了过来。

周至町没有想到方铛铛会突然出现，下意识地愣了一下。还没等他反应过来，方铛铛就冲出来，抓着他的手，将他拉进了于飞的办公室。

昨天晚上刚叫了物业赶他走,今天就直接把他拖进办公室,幸福来得太快,周至町一时间有点儿反应不过来。

方铛铛不知道从哪儿借来的胆,拉着他的手不肯放开,鼓足勇气,破釜沉舟地说道:"周至町,我有话跟你说。"

她目光灼灼,像可以燎原的星星之火,清晰地倒映出周至町的脸。在方铛铛的眼里,曾经那个尖酸刻薄的周至町再也不见了。

方铛铛没有注意到他这些变化,她纯粹是向天借了五个胆,把人拖进来了,但没有想好应该怎么跟他说。

见周至町朝她看来,方铛铛那胆小的性格又暴露出来了。她下意识地避开周至町的眼睛,他却好像早就猜到她要干什么一样,一把将她的脸扳了过来:"你不是说要跟我说事情吗?你说啊。"

他强迫方铛铛看着他,方铛铛第一个反应就是要避开。方铛铛的脸被他捧在手里,只能嘟着嘴说:"这样怎么说……"

"不这样说你要怎样说?"周至町不放开她,"就这样,看着我说。"

方铛铛没办法,只能直面周至町。

她很少直面一个人,眼前周至町的眉毛浓得像山水画中的山石,一直以来,他都像山石一样,可以让她放心大胆地依靠。

她何其有幸,能被这样一个人喜欢。

贺弯弯说得对，其他女孩子不是瞎子，自然看得到这样好的周至町，真要等到周至町心凉了她再去挽回，那就晚了。

况且……她也喜欢周至町啊。

她喜欢的人，正好也喜欢她，这不是她最大的勇气吗？

那一瞬间，方铛铛心里被激出无限力量，那点儿胆小突然就消失不见了。

她抬起头来看向周至町："那个，周至町，他们都说你喜欢我，你……你喜不喜欢我？"

话一说完，她就差点儿咬了舌头。

她在说什么啊，明明想好的不是这样的，她怎么能说出这种话呢？

周至町却笑了起来。他一笑，眉眼间的山石都不见了，变成了草木，有风吹过，草木多情，沙沙地响。

"你终于发现了？"周至町笑着说，"是，我喜欢你，然后呢？"

然后？

然后……方铛铛抬起脸，平生第一次，尝试迎接一个人的目光："我也喜欢你。不对，应该是，不管你喜不喜欢我，我都喜欢你！"

她的声音有点儿大，好像这样就能够带给她更多的勇气。

仔细去听，方铛铛的声音里还带着一丝不易察觉的颤抖、紧张，又充满着希望。

周至町的心软得一塌糊涂。

在他听了方铛铛问他是不是喜欢她的时候，他的心就已经软了，听到方铛铛表白，他的心更是软得不成样子。

他笑了一下，笑容安心又温柔，丝毫没有平常的攻击性，好像在爱情面前一瞬间卸下了他所有的防备。

在方铛铛沉迷于周至町的笑容时，她的身体冷不防地落入一个温暖的怀抱。

她被周至町牢牢地抱在怀中，听着他强健有力的心跳，原本那点儿慌乱，全消失不见了。

方铛铛伸出手来，环住了周至町的脖子。在她还懵懵懂懂，只能跟着周至町的一举一动来做出反应的时候，周至町在她耳边小声说道："真是个傻姑娘。"

他的声音里带着一丝浅淡的笑意："你是不是怕你不正式跟我说，我就会误会你，误会你只是把我吊着？误会你心里没有我？"

方铛铛抿唇。

她还真就是这么想的！

周至町像是后脑勺长了眼睛一样，不用看，就知道方铛铛在想什么。他咧开嘴笑了："你以为你那点儿心思瞒得了我吗？"

在方铛铛还不知道自己喜欢上周至町的时候，周至町自己就已经知道了。

喜欢一个人脸上是藏不住的。以方铛铛胆小谨慎的性格，倘若不是真的喜欢他，又怎么会允许这些日子，他一直待在身边？

这个姑娘看上去迷迷糊糊、懵懵懂懂，其实她自己都不知道她的防备心有多么重。

她从始至终都没有安全感，一点点微妙的感情就能立刻将她的热情浇灭。虽说听上去脆弱了一些，但只要周至町细心呵护，她这棵小树，总会开出花来。

一旦开花，那必定是绚丽的奇景。

他愿意付出耐心，去等这一树花开。

方铛铛靠在周至町的肩膀上，眨巴了几下眼睛。

自己的什么心思？她怎么不知道？

她没想明白，自然要问："什么……"

然而，话还没有说完，她的唇，就被吻住了。

周至町的唇微凉又柔软，吻上来的时候，方铛铛整个人不自觉地缩紧了，仿佛只有这样，她才能将自己的安全感放到最大，来抵抗突如其来的变化。

一只手伸出来，温柔地抚摸她的肩膀，让原本不住战栗的她安静下来。她像一只被捋顺了毛的猫，在周至町的安抚下，慢慢放松了，迎接这个到她身边、充满了爱意的人。

周至町也察觉到怀中人放松了，便将她拉近，加深了这个吻。

门外，于飞一边将文件拿给苗姐，一边说道："你仔细核对一下，看看还有没有语言上的疏漏，核对好了给周至町看看，他做这个是专家，他说没问题就没问题。"

方铛铛还被他晾在办公室呢，继续晾下去，周至町回来之后肯定会找他算账。

于飞毫无防备地推开了办公室的门，被眼前的景象吓得叫了出来："啊！"

好不容易被方铛铛表白、浑身上下洋溢着粉红色泡泡的周至町喊道："于飞！"

于飞破天荒地没敢还嘴，连忙逃命一样给他们重新把门关上："那啥，你们继续，你们继续。"

周至町一听到他的声音，就下意识地将方铛铛抱进怀里。

等于飞走了，周至町打算趁着刚才的气氛，接着做刚才的事，门外又响起了于飞的声音。

他说完"继续"，觉得有些不好，不够诚恳，又跑回来在门外说道："就当我是只苍蝇好了，苍蝇苍蝇，赶出去就好了。"

正要吻下去的周至町忍无可忍。

于飞说完，转过身正要离开，又像是突然想起什么一样，折了回来:"不对啊,这是我办公室啊。周至町,你要……要谈恋爱回你自己办公室行不行,别耽搁我挣钱。"

他已经没有女朋友了,要是还不能挣钱,那不是惨上加惨?

他还有完没完?

办公室里静悄悄的,什么声音都没有——里面的人没理于飞。

于飞觉得,为了好兄弟的终身幸福,他暂时少赚点儿钱也不是不可以,但有些话还是要说清楚的:"当然了,这是特殊情况,你要我把办公室借给你也行。但是,你是老板,要以身作则。上班时间办其他事情,你要底下的人怎么看,怎么做?"

周至町想:"总有一天,我要弄死于飞!"

于飞越说越觉得这样不好:"你也知道,我们公司的单身率有多高,谈恋爱遭人妒忌啊,还是在上班时间,周至町,求求你体谅体谅其他人……"

门被猛地推开,周至町面无表情地看着于飞。

于飞举起双手赔笑:"我这就走,我马上走。"他连忙转身朝会议室走去。

"我走,我这就走了。"于飞边走边嘀嘀咕咕,"唉,天大地大,谈恋爱的人最大,惹不起惹不起……"

行吧,既然现在惹不起周至町,那就把他请于飞吃的那顿"关爱单身狗晚餐"省下来跟他女朋友一起吃吧。

"舅舅"突然之间变成了男朋友，方铛铛有点儿不习惯，不仅是她不习惯，她妈第一次听到这件事情，也大吃了一惊。

"不是，"方妈觉得自己好像在"异次元"，"方铛铛，他是你舅舅啊！"

言下之意，她怎么能跟她舅舅谈恋爱?

方铛铛窘了，体会到了什么叫"搬起石头砸自己的脚"。

她回道："又不是真舅舅……"

"哦，也对。"方妈终于反应过来，好像这才想到了周至町虽然为人圆滑，但年纪并不大，"那就没什么了，反正，你没财没色，周至町就算想骗，你也没什么可以给他骗。"

方铛铛说："妈，您可真是我亲妈。"

"当然了，我不是你亲妈是什么?"方妈应声，"好了，这件事情我知道了，你跪安吧。"

"是。"方铛铛跟她妈汇报了这件人生大事，见她没有提什么反对意见，放下心来。

她正要挂电话，冷不丁地，电话那头传来她妈的声音："哎，不对！你等等！"

方铛铛连忙问："怎么了?我的母上大人还有什么指示?"

方妈像是发现了什么新大陆一样："方铛铛，之前我让你把周至

町介绍给你表姐,你支支吾吾的,那个时候你就跟他在一起了吧?"

方铛铛猛地睁大了眼睛。

她怎么忘了这一茬儿?

她连忙否认:"没有!不是!你想错了!我挂了!"说完就飞快地挂了电话。

"呼……"方铛铛劫后余生般吐出一口气来,好险好险,差点儿就让她妈知道她曾经想过什么了。若是她妈知道她那个时候的真实想法,一定会认为全是漫画把她带"坏"的。若是继续让她妈误会,这事传到周至町耳朵里,他一定会更加得意扬扬。

所以,这件事情,就到此为止吧!

方铛铛迅速把当初对周至町的误会当成黑历史,抛到了九霄云外。

至于周至町,自从两人恋爱之后,他一天到晚都恨不得黏着方铛铛,这让习惯了一个人的方铛铛颇有些不适应。

方铛铛正在厨房做饭,门外贺弯弯扯着嗓子大喊道:"方铛铛,你男朋友又来电话了!"说着将手机扔到方铛铛怀中,还好方铛铛反应灵敏了一次,一把将手机接住,手机才不至于丢到油锅里。

方铛铛连忙将电话接起来:"喂?"一个字还没有说完,她就忍不住笑了起来。

嗯,虽然周至町经常打电话,但一接到他的电话,她还是会很开心。

厨房里传来饭菜的香气,方铛铛捧着手机笑得正开心。贺弯弯转头看了她一眼，热气朦胧中，她看上去十分轻松。

这大概就是一段好的感情的样子吧，贺弯弯想。她这辈子，恐怕永远都不能拥有这样的感情了。

贺弯弯有些黯然地低下头，也好，方铛铛能帮她享受，她也没有什么遗憾了。

"弯弯，周至町说晚上带了好吃的回来给我们加餐……"方铛铛挂了电话就蹦蹦跳跳地跑出来告诉贺弯弯这个好消息，然而看到她的神情，方铛铛的脚步顿了一下。

方铛铛试探着问："怎……怎么了？"她想到一种可能性："是我……是我太张扬了吗？抱歉抱歉，弯弯我不是故意的，对不起……"

她怎么忘记了，贺弯弯对爱情非常介意，况且，经常在单身朋友面前秀恩爱，本身就不好。

"你瞎道什么歉。"贺弯弯没好气地白了她一眼，"谈恋爱本来就是高兴的事情，你何必顾及他人？即便是我，你也不用。"

"可是……"

"有什么好可是的。你谈恋爱就好好享受，用不着去想那么多。我身为你的好朋友，只会替你高兴，怎么会东想西想？"说到这里，贺弯弯笑起来，"如果真的多想了，那我也不值得你拿我当好朋友了。"

说完，她的目光移到方铛铛身后的厨房里，顿时叫了一声："哎呀，菜要煳了！"

听她这么一说,方铛铛一惊,顾不上去思考她刚才的话,拔腿就往厨房跑去。

方铛铛一边抢救已经烧煳的饭菜,一边出神地想:"也许,我是应该帮身边的人做点什么了。"

一直以来,她都是被身边的人保护着,什么时候,她也能保护一下身边的人呢?

晚上,周至町回来的时候,方铛铛把她的想法跟周至町讲了一下。

周至町听了,抬起眼皮来看了她一眼。

虽然他们两个现在已经是男女朋友了,但是面对周至町这有意无意的眼神,方铛铛还是有点儿怕的。

她瞪大了眼睛,腿已经准备踢出去了:"干吗?"

"不干吗。"周至町走上来,揽住方铛铛的肩膀,"就是觉得,我女朋友好像一夜之间胆子大了很多。"

以前的方铛铛哪里敢做这样的事情。

被他这么一说,方铛铛立刻就脸红了。不止周至町发现了,她自己也发现了。

好像……好像就是从她跟周至町表白开始,她不再像以前那样,总是藏在人群之后,总是习惯性地把问题的主导权交给别人,总是让别人带着她走。

周至町对她感情的回应,无形中让她有了许多勇气。这是她第一次看到她主动之后的结果。这样一个好结果,让方铛铛拥有更多的力量,甚至让她开始尝试解决问题。

这是前所未有的。

周至町大概猜到了。他扬扬得意地冲方铛铛说:"看来我带给你的改变还是很大的。唉,怎么办,突然间有种吾家有女初长成的成就感,看来舅舅对你的爱护还是到位……"他身子一侧,精准地躲过了方铛铛踢过来的脚,越发得意了:"耶,没有踢到。"

他继续冲方铛铛瞎显摆:"我就知道你要踢我,反应还是……啊!"

话音未落,他小腿上就挨了方铛铛一脚。

方铛铛面无表情地收回脚,淡淡地瞥了周至町一眼。

有些人,就是三天不打,上房揭瓦。

看来要把"揍周至町"这件事情提上日程了。

周至町是个挨揍不长记性的,腿的痛感还没消去,又凑上来,在方铛铛耳边小声问她:"你打算怎么帮贺弯弯?"

"不知道,还没想好呢。"其实她心里觉得,去找黄丽霜,把林阳的真面目告诉黄丽霜,是一件可行的事情,但是具体怎么实施,不在她考虑的范围内。

周至町听了,摸了摸下巴,没有作声。

倒是方铛铛，像是突然想到了什么一样，转过头来对周至町问道："上次你们那个APP出问题，也是林阳搞的鬼吧？"

提到这个，周至町的表情很不自然，连声音也低了许多："你怎么知道……"

"我当然知道了，那天于飞给你打电话，我在旁边听得清清楚楚。话说，"方铛铛皱眉，"这林阳是不是对你有什么特殊的情感？"

要不然怎么只对周至町一个人薅羊毛呢？看把周至町都快薅秃了。

"那我哪儿知道！"周至町剥了个橘子，分了一半放在方铛铛手中，"你男朋友玉树临风，英俊潇洒，幽默风趣，为人正直，迷倒个同性也不是不可能。"

方铛铛吃着橘子，真诚地表示酸了。

就冲周至町这种自信程度，方铛铛觉得，她一辈子拍马都追不上。

周至町他们做的那个APP，上次之所以被人突然拱上热搜，后来于飞找人查了一下，基本可以确定是林阳搞的鬼了。本来他们都以为这是竞争对手弄出来的，可是查了半天，却发现是林阳。方铛铛就不明白了，林阳损人不利己的，这是图啥？他已经穷极无聊到这种程度了吗？他不为论文和学术而秃头了吗？头发都已经茂盛到可以让他把心思花在学术以外的地方了吗?

真是无解。

方铛铛不知道林阳究竟为什么这么闲,但她觉得,不能让林阳继续闲下去了。有些人,就是属于无风也要起浪那种,日子过得太平顺,总想找别人麻烦。

为了不让林阳继续找周至町麻烦,方铛铛决定主动出击,先给林阳找点儿麻烦。

只是,她高估了自己的勇气和跟人社交的技巧。真的等到面对林阳未婚妻黄丽霜的时候,她反而不知道该说什么了。

方铛铛避开对面女孩子朝她看来的充满了戒备、不解、疑惑的目光,起身给她倒了杯水。

"行了。"黄丽霜伸出手,拉住方铛铛提壶的手。她长得很好看,只是生气的时候看上去有点儿不近人情。不过,美女嘛,不近人情又高冷,总是让人觉得可以理解的。

黄丽霜看着方铛铛:"这位小姐,请问你究竟想跟我说什么?"

她一下课就被守在外面的方铛铛拉了过来,要不是看对方瘦瘦弱弱,这里又是她从小长到大的地方,她还真要怀疑方铛铛是人贩子集团派来钓鱼的。

跟黄丽霜坐了这么久,既然她都开口问了,方铛铛想继续装哑巴也不行了。

方铛铛深吸一口气,哆哆嗦嗦把准备了许久的台词说了出来:"黄……黄小姐,你、你、你……你就不觉得,你未婚夫,有、有什么不对吗?"

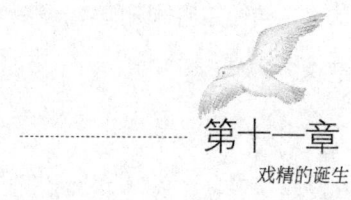

第十一章
戏精的诞生

黄丽霜皱起眉头:"你口吃吗?"

现在这些人,挑拨离间得这么努力了吗?

方铛铛闹了个大红脸。

她也不想想,做起这种事情来自己到底不像林阳那么熟练。

她低头没来得及回黄丽霜的话,对面的女孩已经有些不耐烦,站起来要离开了。

眼见她要走,方铛铛连忙叫住她:"黄小姐……"

"这位小姐,"黄丽霜居高临下地看着她,眼中全是鄙夷,"我不知道你是谁,也不知道你是出于什么用心跑来跟我说我未婚夫的坏话,但是我的家教告诉我,背后说人的,一般都不怎么光明正大。"

她的目光别有深意地在方铛铛身上打量了一下,虽然没有明说,但其中意味再明显不过了:方铛铛无非就是个喜欢林阳但又求而不得的人，如今知道林阳即将结婚，见从他那边下不了手，于是就想从自己这边下手。

如此鬼鬼祟祟，实在叫人看不上。

被她那么一看，方铛铛立刻窘迫极了。她本身就不擅长交流和沟通，能找黄丽霜出来，都是把自己未来十年的勇气透支了的，这下连手都不知道往哪儿放了。

黄丽霜瞥了她一眼，不想跟她继续待着，抬手叫服务生："服务生，结账！"

"等等。"方铛铛猛地站起来，拦住黄丽霜，"黄小姐，我知道我来告诉你这些很突兀，但是结婚是一辈子的大事，你对他还是要了解清楚……"

"这位小姐。"不等方铛铛说完，黄丽霜就打断了她的话，"那你说我该怎么了解清楚？不去相信我日常看到的，而是相信一个陌生女孩子跑来跟我说的？你不觉得这种事情太玄幻了吗？"

眼见黄丽霜要走，方铛铛还是不肯罢休。她一激动，也不结巴了，窘迫更是暂时被抛到了脑后："黄小姐，请你一定要相信我说的。你的那个未婚夫真不是什么好人，他曾经不止一次地玩弄过女性感情，你年轻貌美，何必要把感情浪费在这样一个人身上？"

方铛铛说得十分诚恳，连带着让黄丽霜朝前走的脚步都不由自主地慢了下来。她冷笑了起来："这位小姐，我不知道你跟我未婚夫有什么仇怨，但是如果你想挑拨离间，那你就想错了。"

她说完，头也不回地离开了。

方铛铛注视着黄丽霜离开的背影，沮丧地叹了口气。

果然，人家根本不信她。

她揉了揉脸，结了账，拿起包包，垂头丧气地从店里出来。难怪周至町一开始就拦着她，敢情他一早就知道这件事情根本不可能成功。也怪她，没有接触过太多人，做事过于理想化。

方铛铛感觉闷头一个大棒打下来，打得她晕头转向。好不容易有了勇气，被黄丽霜几句冷言冷语，浇得丝毫不剩。她一点儿一点儿地挪着步子，恨不得跟地上搬家的蚂蚁并排走。然而，有人有心不让她这么丧，在她脖子都快弯断的时候，周至町的电话打过来了。

一看到他的名字，方铛铛就想起昨天晚上对他说的那些豪言壮语。如今，那些语言都变成了耳光，一个个争先恐后地朝她脸上扇过来，扇得她脸火辣辣的。

开始的时候她不想接电话，可一看到"周至町"这三个字，她就像是着了魔一样，下意识地接通了电话。

方铛铛连忙收拾心情，回应道："嗯，我在。"

她情绪不佳，即便是隔着电话也能听得出来。周至町问道："你干吗呢？怎么不高兴？"

此事有点儿一言难尽，方铛铛隔着电话不好跟他哭诉，只是含含

糊糊地说道:"没什么。"

电话那头的周至町好像是猜到她有什么难言之隐,见她不肯说,也不逼她,直接说道:"那行,你在哪儿?我正好下班,过来接你。"

方铛铛说:"你大学外面……"

周至町又惊讶道:"你去那儿干什么?"他说完就想起来:"你该不会是还没放弃那天的想法吧?"

这让方铛铛说什么好?

不等她开口,周至町那非常欠扁的声音就从电话那头传来"不是,方铛铛,我以前没发现你这么执着啊。你说你要是高中有这么执着,也不用沦落到读我对面的学校吧?没准儿咱俩还能早几年认识呢。"

方铛铛道:"能闭嘴吗?"

"行了。"眼看她要发怒了,周至町识相地闭了嘴,"我马上过去,你等着啊。"

他说到做到。

半个小时之后,周至町开着他的座驾,出现在方铛铛面前。他靠在车前,长腿一伸,架势足得好像要去当车模。眼见来来往往的女生目光停留在他的身上,他都视而不见。方铛铛再也丢不起这个人,脸一抹,低着头走上前来,一把抓住他的手臂把他往车里塞,省得他继续在外面嘚瑟。

周至町任由她把自己塞进车里,从容自若地坐好,这才慢悠悠地说:"认识你以来,我回学校的次数比我前几年加起来都多。"

他前几年一次都没有回来过。

"我以为经过上次的敲打,你已经放弃这个愚蠢的想法了,现在看来,"周至町转过头来看向她,"你还真是念念不忘啊。"

方铛铛阴着一张脸,拍着腿怒道:"我是为了谁?我是为了谁?还不是为了你!"

"哟,还为我了。"周至町惊讶了,"你为我你找黄丽霜?"

方铛铛随口一句,立刻被周至町抓住漏洞。她自知理亏,说不过周至町,只好动手。车内空间狭小,不方便她施展踢人神功,于是她干脆一不做二不休,伸出手指,狠狠地掐住了周至町腰上的软肉,接着,用力一拧……

"啊,痛、痛、痛,方铛铛,你再这样,我报警说你家暴了啊——"

听他求饶,方铛铛这才放下了手。

她不高兴地说道:"我见黄丽霜之前还去了趟派出所呢,把你们公司上次的事情说了一下,警方要求提供证据,我手上没有,就说等你一起。他上次使阴招,让你们公司栽了那么大个跟头,不能就这样放过他。"

"行,过两天我有空了陪你一起去。不过,你别抱太大希望。"周至町轻描淡写地说,"这事情难以界定,到最后说不定只能自己吃个哑巴亏,对林阳毫无影响。"

虽然明知道很有可能是这样的结果，但真的从周至町口中说出来，方铛铛还是不开心地嘟起嘴："林阳这个人，真的有点儿烦。"她知道，林阳总是用一些让人没办法找他麻烦的手段，不停地骚扰周至町，硬是不让周至町好过。

林阳笃定了周至町不屑于魍魉伎俩，故意这么做，专门恶心人。周至町心中有数，却对他没什么办法。

周至町听了方铛铛的抱怨，笑了一声："你第一天认识他？"

周至町很早之前就知道林阳是这么个货色，因此从来没有把心思放在他身上过。

今天出来一下午，原本打算为身边人做点儿实在事的，谁知道一件都没有成功，这让方铛铛十分郁闷。

她闷闷不乐地瘫在副驾驶座位上，神情惨淡地看着前面，整个人充斥着一种快要吹灯拔蜡的万事皆空感，周至町转过头来看了一眼就笑了起来。

方铛铛听到他扑哧一声笑了，立刻转过头来，一双眼睛瞪得又大又圆："你还笑！"

她又要打人了！

"我笑，还不是因为看到你……"他说到一半就不说了。

方铛铛等了半天没等到下文，忍不住问道："看到我什么？"

谁知周至町不说了，他眼睛一转，压住眼中的笑意，重新将注意力放在路况上:"看到你这么傻。"

可不是傻嘛,明知道不可能成功,还是抱有一丝微弱的希望,并为此努力。

对于方铛铛而言,这已经算是迈出了很大的一步吧?毕竟,以前的她可是个跟人说话都说不利索的人呢。如今能做到这种程度,已经非常难得了。

想到她能这样做,全是为了自己,周至町身后的"尾巴"又忍不住要翘起来了。

这人!

等了半天等来这么个结果,方铛铛当即气急,忍不住又要掐人,周至町连忙制止她:"行行行,你不是想帮我们出口气吗?我有个办法。"

一听他这么说,方铛铛立刻放下手:"你不早说。"

"现在说也不晚。"周至町停下车。

方铛铛一看,这才发现他将车停到了他们经常去的那家粥店前面。

周至町替她拉开车门,偏头看向她:"林阳一直都是,我有什么他就必须要有什么,虽然你曾经不止一次地让他下不来台,但只要你是我女朋友一天,你想约林阳就很容易。"

进了粥店,周至町继续说:"你只需要约他出来,再想个办法约

黄丽霜出来,把林阳做的那些见不得人的事情套出来就行了。"

方铛铛顿住了:"这么简单?"

"当然不是了。"周至町笑着说,"这需要运气,也需要算计。不过,我们把我们能做好的做好就行了,至于能不能套出来,那就看老天爷帮不帮我们了。"

周至町一伸手,做了个"请"的姿势:"现在,方铛铛小姐,可以坐下来跟我一起吃饭了吗?"

"不行,我觉得还是不行。"方铛铛将手上那张写满了各种话的A4纸一折,摇头说,"这需要林阳完全按照我们设想的那样回答,才能把我们想要的话套出来,而且还有个大前提,就是林阳是个傻子,根本意识不到我们在套他。"

可是林阳是傻子吗?他像只苍蝇一样围着周至町转了这么多年,一点儿没伤害到自己,坑了一个又一个人,还读到了博士,这样的人,会是傻子吗?

方铛铛说到这里,看了一眼她那张好像用于电信诈骗的纸,越发觉得此事行不通。

电信诈骗是广撒网,他们定点捕捞,林阳这个博士能上套吗?

"不行也得行。"周至町将那张纸从她手中抽出来,坐到她身边的沙发扶手上,"反正死马当活马医,试试呗。"

方铛铛充满疑惑地看向他,真的很想问一句:你怎么这么轻松?

然而一想到周至町那句"死马当活马医"，方铛铛瞬间就觉得也许他只是陪自己玩一场，从头到尾都没有觉得，她真的能把这件事情办成功。

看她眼中的光熄灭了，周至町心有所虑，低下头来，在她唇上亲了一下："行了，别想那么多，不行也不影响什么，放心。"他亲完还嫌不够，在她背上拍了一巴掌："去吧，皮卡丘！"

方铛铛猝不及防，被他拍得一个趔趄，差点儿摔个狗啃屎。

她看周至町这个人，真的有点儿皮痒了。

对周至町的这一顿揍被方铛铛放在后面了，她现在忙着去找黄丽霜，暂时没空修理周至町。这次，方铛铛没有亲自上阵，而是让贺弯弯给她打了电话。

电话打过去的时候，每一声嘟都让她们两个觉得时间无比漫长。别说本来胆子就小的方铛铛了，就是贺弯弯，在等电话接起的这段时间，也是大气都不敢出一声，生怕惊扰了什么。

好不容易，电话被接起来，贺弯弯连忙"喂"了一声，那头传来黄丽霜的声音："你好。"

"你好，黄小姐。"贺弯弯赶紧说道。她下意识地朝身边的方铛铛看了一眼，方铛铛连忙给了她一个"加油"的手势。

贺弯弯接着说道："黄小姐，我是……我是你未婚夫的，算是前任吧。有件事情，我想告诉你……"

"你们怎么这么烦?"不等贺弯弯把话说完,黄丽霜就非常不耐烦地说,"我跟我未婚夫马上就要结婚了,这位前任,如果你真的不甘心,请你用正大光明的手段把他抢回来,抢不过你就自认倒霉,但这种暗地里栽赃陷害的行为,麻烦你消停一下行吗?真的很让人看不起!"

"黄小姐,我知道你很讨厌这样,事实上我也很讨厌这样的自己,但是没有办法,我必须要说出来,不能再让其他人上当受骗了。"说到这里,以前的种种,再一次浮现在贺弯弯眼前。她擦掉眼角的泪水,强作镇定,继续道,"黄小姐,如果林阳真的是看上去那个样子,我今天肯定不会给你打这个电话,但恰恰是他伪装得太好了,所以我才想让你认清楚。认清他这个人之后,你是想跟他在一起,还是就此分手,那是你自己的事情。"

这段话她说得又急又快,生怕黄丽霜一个不高兴,就把电话挂了。她说完,电话那头许久没有声音。贺弯弯顿了一下,又开口:"黄小姐,麻烦你出来一趟吧,就一趟,你看看我说的是真的还是假的。这一趟之后,我保证,再也不打扰你。"

她说完,那头一直没有声音。在贺弯弯以为这次黄丽霜还是不会出来的时候,电话那头却传来黄丽霜的声音:"那行吧。"她语气听上去淡淡的:"先说好,这次之后,你再也不许打扰我的生活。"

贺弯弯一听,立刻喜笑颜开,连带着旁边的方铛铛也笑起来。贺弯弯应声道:"好!"

贺弯弯挂了电话。方铛铛立刻拨通了林阳的电话:"你上次说李茉的事情,我突然有了兴趣,就是不知道林博士还有没有说的欲望。"

林阳对周至町真的是"爱"得深沉。

但凡是任何不利于周至町的事情,林阳是刀山火海都要闯。单凭这份心,只是喜欢,真的很难做到。

他最近可能真的是人逢喜事,眼角眉梢都是扬扬自得,以前好不容易被强压下去的得意终于如沉渣一般泛起,再也隐藏不住。

见到方铛铛,他笑了一声,脸上全是"我就说你会找我"的神情。

"终于想通了?"

"也不是。"方铛铛犹豫着说,"我只是觉得……只是觉得,既然我打算跟周至町在一起,以前种种,我还是要问清楚的,免得将来把疑惑带到婚姻里面。"

她的辩解在林阳看来只是嘴硬。他嗤笑一声,没有戳穿方铛铛,双手一伸,将身体靠在椅子上,做出一个极其舒展的姿势:"看来你问了周至町,他没有告诉你答案。也对,以前的那些事情,他的确不好意思开口跟你说。行吧,今天我正好没事情,你想问什么就问吧。"

你不是每天都无所事事吗?方铛铛在心里默默吐槽完,见林阳等着她开口,连忙回过神说:"哦,我来,就是想问问你,关于李茉的事情。"

林阳显露出一副"我早就猜到你们女生要问这些"的表情。

方铛铛发现,周至町真的很了解林阳啊,他知道林阳其实打心眼里看不起女性,觉得女性总是喜欢着眼于细枝末节,喜欢纠结前任。于是他专门让方铛铛选了李茉这个似是而非的切入点,让林阳放下戒心。

今天看起来是方铛铛跟林阳对话,其实是周至町在跟林阳过招。

他们这些聪明人,一天到晚都是这么玩心思、耍心机的吗?

方铛铛有一种智商被碾轧的挫败感。

林阳注意到她脸上讪讪的神情,以为她是不好意思,便没有放在心上,喝了一口咖啡:"李茉以前喜欢周至町,他们两个,一个是校花,一个是学霸校草,怎么看都很般配嘛。但是呢,周至町一直不说,也不表态,李茉就认为周至町喜欢她,只是碍于面子不好意思表白。她一个姑娘,不想这么不清不楚地暧昧下去,于是就主动跟周至町表白。谁知道,周至町直接说不喜欢她,李茉这才意识到周至町玩弄了她的感情,一怒之下,跳了楼。"

林阳说完,摊了摊手:"瞧吧,有些男人看起来人模狗样,其实人品低劣,你们小姑娘选择另一半的时候,要记得擦亮眼睛,别被骗了。"

方铛铛非常认可他这句话,深以为然地点了点头。

她看着面前的咖啡，慢慢说道："这怎么和周至町跟我说的不一样？"

林阳的手一顿，但很快就恢复正常，笑着问她："周至町怎么跟你说的？"

方铛铛抬起头，看向他："周至町跟我说，他那个时候一心向学，根本就没往那方面想过。同学们起哄，他一直在阻止，但是架不住'吃瓜'群众拉郎配的热情，说了几次见没有效果，就干脆不说了。从此之后，他特别注意跟李茉保持距离。李茉的确跟他表白过，也自杀了，但在表白前，她父母离婚，母亲还跳楼自杀了，她表白又被拒绝，受不了，干脆就跳楼了。"

方铛铛顿了下："要说是因为周至町拒绝她，她才跳楼的，也不算错。但要说是因为周至町玩弄了她，她才跳楼的，好像……就不太对了。"

林阳先是微愣，随即丝毫不慌地笑起来："他这样说也很正常，就看你相信哪个了。"

他根本没把方铛铛放在眼里，潜意识里觉得方铛铛对他没有威胁。

方铛铛抿了抿唇："我一直很好奇一件事情，假如你们两个说的都是真的，那为什么李茉会认为是周至町玩弄了她的感情呢？李茉是校花，就算再脆弱，她拒绝的求爱者肯定也不少，不至于轮到自己被拒绝一次就要死要活地跳楼。再退一步来说，假如她是受了她妈妈离

世的刺激，希望能抓住周至町这根救命稻草，用他的喜欢来证明自己还有人爱，可这个人为什么是周至町呢？周至町跟她又不熟。"

方铛铛一边说，林阳的脸一边向下沉。直到她说完这句话，林阳冷冷说道："你如果不信我的话，大可不必来问，问了又质疑，什么意思？"

"没什么意思。"不等方铛铛开口，一个男人的声音就插了进来。

林阳定睛一看，这才发现周至町不知道什么时候来了，坐在他们隔壁，因为包厢封闭性太强，他一时半会儿没有注意到。

林阳的脸色一时间变得十分难看，他指着方铛铛，怒道："你——"

"别'你'呀'我'呀的。"周至町走过来，把他的手指往后一掰，硬生生地掰了回来，"我也一直纳闷，为什么李茉好端端地跳楼了，今天既然来了，那你就把话说清楚吧。我想，这中间肯定少不了你的作用。"

林阳的脸色变了几次，最终冷笑一声，恢复如常："怎么，周总为了打击我，已经无所不用其极了吗？"

"搞清楚，"周至町简直要败给他了，他颠倒黑白的本事也太大了，一句话就把自己放在了受害者的位置，"明明是你三番五次地跟我作对，怎么现在反倒成了我无所不用其极？"

周至町笑了一下，将方铛铛手中的手机拿了过来，直接关掉，又将自己的手机拿出来，摆在了桌子上："看到了吧，我们都没有手机了，就算想坑你，也没工具了。"

他突然如此坦诚，让林阳脸色稍微缓和了一下。林阳不屑地冷哼了一声："周至町啊周至町，你永远都是这么自以为是。"

"嗯，我承认，我有的时候是很傲，但是，就因为我自以为是，你就这么坑我？林阳，做人不能这样吧？"

"那要怎样？"林阳转头问他，"我怎么做人，不需要你来指指点点。"

"了解。"周至町点头受教，"像你这种自尊心强又摆不正心态的人，是不喜欢别人来说三道四的。这样吧，多的话我也不说了，李茉的事情，你能不能给我个解释？"

"什么解释？你需要什么解释？"林阳冷笑，"我不觉得我需要给你什么解释。"

他这种反应，周至町完全预料到了。周至町听了，只是一哂："林阳，话都说到这份儿上了，你要还是装傻，我觉得就没意思了。我一直以为虽然你的手段有些卑劣，但算是把我看上眼了的，原来搞了半天，都是我自作多情。行，既然这样，我往后也不会自作多情了。"

他说着就要拉方铛铛起来，一副受到伤害的样子。

方铛铛看看他又看了看林阳，没想明白怎么突然之间林阳就成了"负心汉"。

刚刚她漏听了什么？

眼见周至町要走,他抛下的那句话像是耳光一样狠狠地扇在林阳脸上,让林阳的脸色更加不好了。

林阳犹豫了一下,不安和不甘再次袭上心头,最终让他松口:"你想知道什么?"

周至町停下脚步,目光好像牢笼一样,死死地罩在林阳身上,让他挣脱不得:"你背着我对李茉做了什么?"

如果不是方铛铛提醒,周至町可能永远想不到李茉自杀的真相。

也对,他自认对李茉从来没有逾越的地方,从无暧昧,怎么李茉就把他当成了那根救命稻草呢?这么多年,他一直被愧疚和不安折磨着,夜夜难眠,从未想过也许这一切,压根儿就是别人做了坏事,强行安在他头上的。

林阳的瞳孔猛地一缩,随即他又缓缓地笑了起来:"周至町啊周至町,你终于问出来了。"

这个秘密在林阳心里,已经很多年了。

如今,终于有机会能让他展示了。

林阳笑道:"你猜得没错,我是背着你对李茉做了些事情。她不是一直喜欢你吗?可你多骄傲啊,谁也看不上,到头来找了……"他手指了指方铛铛,"找了这个哑巴。李茉就算活着,看到了也会觉得不甘心吧?"

周至町脸一黑:"你说事就说事,别动不动开炮,我女朋友很好,是你眼瞎。"

林阳嗤笑一声，根本不把周至町的话放在心上，坚持认为周至町是在强行"挽尊"。他继续说道："李茉喜欢你，你不喜欢她，但我喜欢她。她又高又瘦又白，漂亮温柔，这样的女孩子，即便是成绩不好，我喜欢她也很正常吧？可她眼里心里，只有你周至町一个人，别人就算是想要接近她，都很困难，我能怎么办？我思来想去，只有一个办法，那就是，冒充你周至町，跟她套近乎。"

方铛铛听了，猛地倒吸了一口凉气。

她现在算是知道为什么李茉会被刺激得自杀了！

第十二章
假兄弟,真情侣

看着方铛铛和周至町满脸惊讶的神情,林阳反倒笑了。

他眼角眉梢都是讽刺,冷冷地看着方铛铛、周至町,面无表情地承认了:"对啊,我知道李茉喜欢周至町,我喜欢她,但又不想被她拒绝,于是就想了这么个办法。"

他不停顿地说:"'我'告诉她,'我'成绩好,家庭压力让'我'不敢恋爱,但'我'又确实喜欢她,所以两个人只能私底下联系。"林阳眼中的笑意更浓了:"她居然信了。"

方铛铛被他的无耻惊呆了,目瞪口呆地看着他,一时间不知道说什么好。

反倒是林阳,可能觉得他刚刚甩出了一个王炸,正是得意的时候:"你们别以为冒充周至町是件很容易的事情。我除了要模仿他的字迹,还要留意他的一举一动。光是字迹相似,根本就不能取信于李茉。"

"我还要在信件当中，有意无意地透露出一些关于周至町极少有人知道的细节，等李茉怀疑的时候，以此让她相信，那些信件就是周至町亲笔所写。所幸，我跟周至町还算熟悉，加上男生之间的很多小事情，女生也不一定清楚，李茉对此深信不疑。"

"不，也许她也怀疑过。"

那一瞬间，林阳的眼神变得有些悠远，好像透过他们，看向了某个遥远又不确定的地方。目光的另一头，是那个一头长发，总是巧笑倩兮、温温柔柔的女孩子。

很快，这种眼神就消失了。他又回过神，嗤笑了一声，继续道："但是，因为她性格中的软弱和惯常的自欺欺人，加上孤立无援，即便知道跟她通信、鼓励她、向她许诺的人不是周至町，她也不愿意过分深究。"

"慢慢地，将错就错，错到最后接受不了的时候，她干脆直接从天台一跃而下，再也不管那人究竟是谁，又是谁骗了她。"

林阳重新将目光投在了方铛铛和周至町身上。

周至町没有开口，就那么低着头，不知道在想什么。方铛铛知道，他是一时半会儿接受不了李茉之死背后居然是这么荒唐的原因，不知道该说什么好。

方铛铛轻轻叹了口气，转过头来看向林阳："你这话的意思是，你早就知道李茉家里发生了什么?"

她心里在想,既然知道,还要骗她,他难道就没有一丝顾虑吗?还是说,在他眼中,李茉的感受都没有他的私欲重要?

林阳听了她的话,握杯子的手一顿,点头承认:"知道啊,我跟她靠信件往来,差不多有一年的时间。有的时候她的烦恼也会跟我讲,自然而然就讲到了她父母的事情。"

方铛铛终于忍不住了,倾身下来,皱眉问他:"你既然知道还要骗她?难道你就不怕她最后受不了,从此一蹶不振?"

那是李茉人生中最阴暗的时候,她不光要面对家庭的压力,还要面对学业的压力。幸好,幸好,她的心上人一直陪着她,那是她活下去的唯一希望。

李茉的情绪一直起起伏伏,那些信件就是她手上唯一的救命稻草。林阳明知她是这样的境况,还打算继续瞒下去,他难道就不害怕李茉知道真相后,连这一根稻草都不要,做出什么事吗?

即使她不会做出什么过激的事情来,光是被这么欺骗,也会给她心里留下难以磨灭的伤痕吧?

这样对待李茉,林阳……也叫爱?

林阳听了方铛铛的话,有些不自然地转过头,避开了方铛铛的目光:"哪能呢?她不是那么脆弱的人。"

"不那么脆弱,你就能肆意伤害她吗?不那么脆弱,你做的这些事情就不叫伤害吗？"不等林阳说完，方铛铛就打断了他的话，"这就是你的喜欢？你这样的喜欢，就算李茉知道了，也会觉得无福消受！"

"你说什么？"方铛铛的话，好像踩了林阳痛脚一样，让他立刻跳了起来，他恼羞成怒，"你懂什么？你根本就不知道当时的情况，你哪里有资格在这里指手画脚？"

"是，我是不知道你当时究竟有多自卑，才会躲在别人的影子里去接触自己心爱的姑娘，也不知道你究竟有多扭曲才会打着爱她的旗号肆意伤害她。我只知道，林阳，你从头到尾，都跟个跳梁小丑一样可悲！"

方铛铛再也忍不住，话像刀子一样狠命地往林阳胸口戳去："你能与喜欢的人接触是打着周至町的旗号，李茉到死都不知道背后还有个你。不管是伤害还是喜欢，你从来都是活在周至町的阴影之下。不是他要压你一头，而是你自愿被他压一头。"

方铛铛目露悲悯："林阳，你不觉得你很可悲吗？"

她的话，让林阳一怔，随即他就笑起来："我可悲什么？我年纪轻轻，已经是博士在读了，得导师垂青，事业一片风光。我马上就要结婚，女朋友漂亮、年轻、家世好，感情也让人羡慕。这些都是你跟周至町求也求不来的，我可悲什么？我需要谁来可怜？倒是你们，什么都没有，居然还好意思来可怜别人，怎么不看看自己活成什么样子了?"

被林阳一说,方铛铛再也控制不住体内的"洪荒之力",当即就要爆发,用更强烈的狂风暴雨回击。谁知道她才刚准备开口,手腕就被人拉了一把。一直坐在她旁边没有开口的周至町终于笑了一声:"林阳,你选择黄小姐,就是因为她长得很像李茉吧?"

此话一出,原本一片混乱的场面有了片刻的安宁。林阳和方铛铛都好像被按了暂停键,一动也不动。

另一边,在林阳看不见的包厢里,一直由贺弯弯陪着的黄丽霜也颓了下来。她呆坐在沙发上,脸色一片惨白,等着耳朵里的耳机传来林阳对她的宣判。

那一瞬间,时间好像被拉得无限长。就在那根"时间"的线被拉到紧绷、稍微一碰就断的时候,耳机那头,传来了林阳的声音。

"是啊,"他的声音听上去非常轻松,"人的喜好都是一个类型的,我选择黄丽霜,难道不正常?她年轻、漂亮、家世好,娶了她我就能少奋斗很多年,加上她又是独生女,她爸爸打下的江山将来全是我的,我又不是在学术上毫无野心的人,我为什么不选择她?"

说来说去,全是生意,明明是相爱的人才会走入婚姻,林阳硬是没有一点儿感情的因素。

话说到这里,黄丽霜还有什么不明白的?

林阳之所以选择她，只是因为她合适，而不是因为爱她。

有哪个年轻女孩子不希望将来的爱人能全心全意地爱自己？又有哪个女孩子不希望将来走入婚姻是因为爱情？如今林阳就这么赤裸裸地把选择她的原因摆在她面前，打破了她最后一丝幻想，教她如何不难受？

尽管明知道隔壁听不见她们的声音，黄丽霜还是一把捂住了自己的嘴，努力不让自己哭出来。

林阳说着，丝毫不觉得羞耻："她漂亮、家世好，可是我身边那么多漂亮、家世好的姑娘，我为什么非要选择她？我长得不差，身边有上市公司老总的女儿、创业新贵，甚至还有崭露头角的女主播、女演员，我为什么会选择她？还不是因为她长得像李茉。"

搞了半天，黄丽霜以为的真感情，不过是一场骗局。

她那么心高气傲，却无意当中成了别人的替代品。

方铛铛再也忍不住，问他："你选择黄小姐是因为她长得像李茉，那贺弯弯呢？你又为什么要玩弄她？"

"贺弯弯？"林阳脸上露出片刻的茫然，反问道，"你说的是谁？"

他居然连贺弯弯是谁都不知道了！

方铛铛端起水杯就要往他脸上泼去，还好周至町拦住了她。他讽刺地说："竟然连名字都不记得了，你把这种手段，用在了多少女孩子身上？"

"不记得了。"林阳无所谓地说,"有些女孩子,你只需要给她一点儿好脸色,她就自作多情地觉得你喜欢她,再送两束花,她就觉得非你不可了。女人这种生物,天生缺灵魂短智慧,总是相信表面的浪漫,看不到背后的感情。她们非要相信,非要觉得我对她们一往情深,我能说什么?"

他无耻得如此坦荡,一时之间,让人不知道该说什么好。

周至町挑了挑眉毛,表示对他的人品已经不抱任何希望了。他冷冷地讽刺:"所以你就打着我的旗号去接近李茉?林阳,你即便是当个人渣也是不够格的,有的人渣敢做敢当,可你呢?你口口声声表示你很傲,傲的方式就是顶着我的名字行不轨之事?呵。"

简简单单一个语气词,就让林阳跟个被放了气的皮球一样,之前的嚣张跋扈再也不见。

就算他沉寂了,周至町也不准备就这样放过他。周至町开启了毒舌模式,不把林阳一次性踩到底不罢休。

周至町说:"还是你觉得,这样就能给我抹黑?甚至不惜以此篡改了我的论文?你认为将我赶出学校,我就一辈子沉沦?呵,林阳,不得不说,你有的时候有些行为真的跟阿Q没什么区别。"

林阳的脸色越来越难看,可是周至町好像根本就没有意识到。或者说,他是有意为之。

林阳讥笑一声:"周至町,你即便知道论文是我做了手脚,那又怎么样?当初你不能把我如何,隔了这么多年,现在依然不能把我如何。是你灰溜溜地被赶出了学校,而我,则去了你最想去的导师手底下继续学习,是我!"

"你以为这样就算是胜过我了吗?为了如你的意,我是不是应该从今往后一蹶不振,什么事情都做不了?可是很抱歉,我没有按照你希望的那样去生活,没有让你成为我人生路上永远的阴影。"周至町偏头一笑,仔细看,他的笑容还有点儿扬扬得意,"我如果真的一蹶不振,那才是如了你的意,可是偏偏,我不会这样做的。"

他如果真的那么容易被打败,又怎么可能成为林阳这么多年来的阴影?

"你以我的名义,去跟李茉套近乎,究竟是你喜欢她,还是想以此来满足你卑劣的窥探欲?你打着我的旗号玩弄女性,并且借机抹黑我,究竟是真的胜过了我,还是连跟我光明正大竞争的勇气都没有?又或者,其实连你自己都知道,你根本争不过我,所以你才用这样的方式来抹黑我,以此达到心理上的满足。你只会像只老鼠一样,趁我不备,咬我一口,然后马上缩回阴暗的角落里。因为你知道,我不可能跟一只老鼠一般见识。"

"够了!"林阳冷声打断了他的话,"你给我住嘴!"

可周至町哪里会管他,他只会嫌说得不够多,刺得林阳不够痛。

"李茉之后,你没有认真地谈过一次恋爱吧?为什么你玩弄的都是涉世未深的女大学生呢？因为你清楚如果是那些意志坚定、有经历的女性，你那点儿手段，人家根本不会看在眼里，也更不会上当。你连接触她们的勇气都没有，因为你害怕在她们面前碰钉子，害怕自尊心受挫，于是只能依靠玩弄天真的女大学生获取心理上的快感，并且以此来逃避李茉之死带来的心理压力。"

"够了！"林阳怒道，"周至町你还要说到什么时候？"

周至町根本不理会他，自顾自地下了定论："林阳，说到底，你不过是个卑劣又怯懦的可怜虫罢了。你赢不了，因为连你自己都没有看得起过自己！"

"周至町！"林阳立刻站了起来，"我让你闭嘴！"

"这就恼羞成怒了？我当年被你坑成那副模样都没有怎样呢，看来林阳你这个修养不行啊。"周至町轻飘飘地说完，优哉游哉地继续道，"亏我当年还觉得你跟我差不多，甚至对你有了几分惺惺相惜的感情，现在看来，呵，我简直是个傻子。"

林阳一直以来都为自己终于压了周至町一头而沾沾自喜。谁知突然之间，周至町告诉他，他不仅没能顺利压他一头，反而还被看不起了，这让一向心高气傲的林阳如何能忍？

林阳再也忍不住，一拳就要往周至町的脸上砸过去。谁知拳头还没有到周至町脸上，他就被人兜头泼了一脸咖啡。接着，一个俏丽的身影气冲冲地从他面前离开了。

林阳一下没有反应过来，愣愣地看着方铛铛和周至町。方铛铛慢条斯理地将那个对讲机从桌子底下拿出来，十分诚恳地跟他道歉："虽然没有手机，但是对讲机还在。我也忘了告诉你，你的未婚妻——黄丽霜小姐，就在隔壁。"

林阳愣住了，想来是自己百密一疏，居然栽了个大跟头。

也对，周至町、方铛铛他们今天，可是经过周密计划的。

先是方铛铛出场，接着是周至町到场，林阳误以为周至町就是方铛铛约他出来的最终目的，可谁知道，在包厢的另一边，还有个黄丽霜。

林阳见了周至町，自然就放松了警惕，况且他知道在这种情况下，即便是把他以前做的那些事情全部交代了，也不能成为证据。加上这些年来他做的事情一直没有被发现，让他难免有些扬扬自得。他这样自负的人会忍不住炫耀，尤其是在周至町面前——自然也就忽略了一些细节。他没有想到方铛铛还留了一手，在桌子底下装了个对讲机。他说的那些话，正好让黄丽霜听了个全。

等林阳反应过来刚刚方铛铛说了什么之后，他想也没想，连忙拔腿就要往黄丽霜离开的方向追去。

才追了两步，周至町淡淡的声音传来："林阳，李茉到死都不知道你喜欢她吧？"

轻飘飘的一句话，让林阳像是被人打了一拳一样，顿时僵在原地，

连手脚都不知道该怎么放了。

周至町说完这句诛心至极的话,一把将旁边站着吃瓜的方铛铛拉过来揽到怀里:"那你还挺可悲的。"说着,就揽着方铛铛朝门外走去,再也不给林阳一个眼神。

周至町的车子都开出去很长一段路了,方铛铛才想起她忘了什么:"哎,弯弯还在那家咖啡馆!"

她说着就要拉开车门下去,顾不上车子还在行驶当中。周至町连忙叫住她:"哎哎哎,你等等,你等等!"

他把车子停好,拽住了方铛铛的安全带:"你现在下去有什么用?给贺弯弯打个电话,让她从后门出来,注意别碰上林阳了,我们到后门去接她。"

方铛铛听了,顺从地拿出手机,给贺弯弯拨了过去:"喂,弯弯,我们……"

她话还没有说完,就被那边的贺弯弯给打断了。听贺弯弯说完,方铛铛脸色沉了下来,应道:"好的,我马上回来。"

她挂了电话,抬起头来看向周至町:"弯弯已经回家了。"

贺弯弯是在听到林阳说他"不记得"这几个字的时候回去的。她曾经以为过了这么久,她总算有勇气面对从前那个怯懦无能的自己了,谁知道，还是不行。

当时她就忍不住了，又觉得当着黄丽霜的面哭实在不成样子，于是顾不上黄丽霜，匆匆忙忙出了咖啡馆，打了个车，回了方铛铛家。

林阳后面的那些话，若有似无地飘过来，让她想听，又不敢去听。

她终究是胆小懦弱的。

她明明知道，那个时候是出去跟林阳要个说法的最好时机，却再一次被内心的胆小和羞耻感拦住了。

她这些年的煎熬和折磨，在林阳轻轻松松的三个字面前，溃不成军。果然，指望林阳这样的人良心发现，一开始就是她太天真了。

如果他真的有良心，又怎么会做出那种卑鄙龌龊的事情来？

说到底，她的心魔封住的是她自己，对林阳丝毫无碍。

伤人的可以大笑而去，被伤害的却一直止步不前。

这世道就是这么不公平。

方铛铛跟周至町火急火燎地回了家，连忙开门进去："弯弯？弯弯？弯弯！"

"我在这儿。"贺弯弯的声音从沙发后面传来。

方铛铛连鞋子都顾不上换，三步并作两步冲到她面前，将她上上下下地仔细打量了一番。

见贺弯弯的确完好无损，方铛铛这才将一直提着的心放下来。

见她松了口气，贺弯弯笑了："你干什么？我没事。"

身后传来吧嗒一声响，周至町回他家了，临走前将房门给她们带上了。贺弯弯看了一眼，又将目光停在方铛铛身上，笑着说道："你放心吧，我以前犯了傻，不代表现在还要继续犯傻。"

林阳"不记得"那三个字，像是一桶冰水，劈头盖脸浇在了她身上，冻得她浑身打战。也是到了这个时候她才知道，以前种种，当真是她困守一隅，她再不能让它成为困住自己的牢笼，而是勇敢地打破它，跨过去。

贺弯弯这么坦荡，一时之间让方铛铛有点儿不习惯。

方铛铛看了贺弯弯好几眼，见贺弯弯一片坦然，没有半分委屈，这才确认贺弯弯是真的不在意了，终于放下心来。

贺弯弯挽住她的手臂："我也是到了今天才知道，自己一直在意的事情也许对于别人而言根本不算什么。你看，我以为我遭受了世间最残忍的事情，但实际上，我的残忍对于别人而言，只是清风拂面。"

"听上去是真的很不公平，你看他即便要追，也是追黄小姐，不是其他人。其实我们大家都清楚，假如黄小姐不是他导师的女儿，他根本不会那么着急。可这就是现实，我们只能选择接受。"

虽然已经看开了，但贺弯弯脸上，还是有一丝抑制不住的苦涩。

方铛铛摇了摇头："不是的，还有一种办法。"她非常认真地说道："我们还可以，狠狠地反击回去。"

这也是为什么过了这么多年，她依然还要去找林阳。

她想要给贺弯弯，给周至町，给她身边所有被林阳伤害过、诬陷过而一直走不出来的人一个说法。

"怎么样？"周至町一挂电话，方铛铛就忍不住连忙问道。

他一脸严肃，神情也是少有的镇定，看上去不像是好消息的样子。方铛铛刚刚稍微好点儿的心情立刻阴沉起来，但跟周至町在一起久了，她比以前会说话多了。

方铛铛知道在这种情况下，周至町的情绪一定也没有好到哪里去，她即便心里失望，嘴上还是在不住地安慰周至町："没事没事，这也很正常。就像你说的，林阳是她的未婚夫，他们两个的结合已经不仅仅是感情，中间还牵涉很多利益。她如果不想跟林阳分开，那也很正常。况且，从表面看来，林阳的确是个很好的结婚对象……"

她越说越觉得不太对，身体抖得越来越厉害。她一把揪住周至町的头发，冲他问道："你干吗？黄丽霜说了什么你没告诉我？"

"痛、痛、痛！告你家暴了！"周至町忙不迭地将自己的头发从方铛铛的魔爪当中解救出来，"还能说什么，黄丽霜刚刚说她会处理这件事情的，叫我们不要多管闲事了。"

方铛铛双目一睁又要继续打人。周至町见了，连忙把自己挪远一点儿，避免正面遭遇暴走中的方铛铛。

"我只是小小地恶作剧了一下嘛，用得着上来就对我这么残暴吗？"周至町说完，还用肩膀撞了撞方铛铛的肩膀。

方铛铛说："可即便黄丽霜这么说，也不代表她真要采取什么行动啊。"

她害怕的就是，黄丽霜冷静下来，林阳追上去，三言两语又把黄丽霜给哄好了。那他们做的这一切，岂不是全都白费了吗？

周至町听了她的话，笑了笑，说道："早在我们做这件事情之前，不是就已经有这样的预想了吗？把真相告诉她，怎么做，选择权在她。即便她不对林阳采取措施，我们也依然有其他办法。到时候，可由不得她。"

方铛铛听了，点了点头："说起来，咱们最对不起的人还是黄丽霜。"

知道真相和长久地被蒙在鼓里，究竟哪个更幸福，真的很难讲。况且，在这件事情上，他们终究是利用了人家。这才是黄丽霜最讨厌的吧。

"好了，别多想了。"周至町过来揽住她的肩膀，揉了揉她的头发，"黄丽霜如果想当一只鸵鸟，将这件事情掩盖下去，那么她就是下一个贺弯弯。她如果不想当鸵鸟，想解决这件事情，那么她一定会直面林阳的。"

"有些女孩子可以不管另一半人品如何，只求另一半对她好，但是更多的人还是害怕自己引一匹中山狼进家里吧？再说了，林阳在黄丽霜之前，还有那么多女朋友，是个女孩子都忍不了的吧？黄丽霜跟林阳划清界限，在情理之中。就看她怎么处理这件事情了。"

听周至町这么一说，方铛铛稍微放心了一些。

虽然想将黄丽霜拉出火坑，但是他们终究插手了别人的事情，实在称不上光明正大。

周至町笃定黄丽霜一定会报复林阳，但是万万没有想到，黄丽霜会这样做。

当天晚上，林阳和他们学校直接被顶上了微博热搜，原因是林阳的校领导、院系领导、合作伙伴、同学，甚至是家人，都莫名地收到了一封他的"自白书"。

自白书里详细写明了林阳当初是如何因为嫉妒高中同学，逼死了他一直喜欢的校花，又是如何卑劣地从中间得到了快感，玩弄女性上了瘾，连名字、数量都非常详细，让人无法怀疑。再然后，是他如何处心积虑，篡改了同学的硕士毕业论文，导致其不得不放弃继续深造，背负骂名离开了学校。接着，就是他如何借助导师的平台，跟合作伙伴、小明星、嫩模约会暧昧，并且仗着自己的博士身份以及伪装出来的温文尔雅、品行端正的形象，追求到导师的独生爱女，成为外人眼中事业爱情两得意的"人生赢家"。

周至町第二天在办公室全程关注了这件事情,看完之后,他只有一个想法,那就是:惹谁也别惹女人!

"是啊,这件事情就是我做的。"一家咖啡馆里,黄丽霜戴着巨大的墨镜,直接承认了,"要不然能怎么办呢?我直接去告?直接去举报?呵,这样太慢也太耗费时间,给了他喘息的机会。"

黄丽霜神情冷漠:"我既然要出手,那肯定不会让他有任何反驳的机会,再给自己惹麻烦。"

方铛铛和贺弯弯目瞪口呆地看着她,一瞬间觉得她的形象无比高大,简直成了一代女侠!

方铛铛充满崇敬地给黄丽霜倒了杯茶,双手捧到黄丽霜面前,讨好地说道:"喝茶,您喝茶。"

黄丽霜瞥了一眼那杯茶,懒懒地笑了一声:"你别以为我这样做就是在帮你们,我是为了我自己。"

她的潜台词就是,不要自作多情,算计她的事情还没完。

"是、是、是。"方铛铛连忙点头,"但即便是这样,我们也依然很感谢你。那天……那天让你过来,是无奈之举,真的很抱歉。"

黄丽霜轻哼了一声,没有作声。

贺弯弯见了,连忙转移话题:"那天我走了之后,你们还问出了几个人跟林阳有暧昧关系啊?"

"怎么可能！"不等方铛铛开口，黄丽霜就冷笑着说，"我当时悲愤离去，走到路上，越想越觉得不是这么回事。我即使想要报复他，想要出口恶气，也不能冲动。林阳跟在我爸身边这么多年，我要防着他到时候反咬一口，或者出去造谣，反而给我爸惹出麻烦。正好他追着我来了，我就干脆半推半就，跟他一起去了酒吧。"

"去了酒吧之后，他心情不好，我心情也不好，两个人喝了些酒。不过我留了个心眼，我喝了很多都吐了，倒是林阳，受了挫又被我埋怨，担心我去跟我爸告状，刚开始的时候防着我，后面敞开了，就一路喝了下来。到了最后，当然是他醉了我没醉。于是，我就用他的手机，把早就打好草稿的自白书，通过微信和短信，全部发了出去。"

这样一来，林阳即便是想跳，也跳不起来了。况且，这件事闹得这么大，学校为了消除影响，肯定会拿林阳开刀，他处心积虑得到的东西，瞬间就会灰飞烟灭。

这种报复，对于林阳而言，才是最残忍的。

等他反应过来，就算是想要挽回，也晚了。

方铛铛和贺弯弯惊呆了。

不得不说，黄丽霜真是个狠人。

她在气愤至极的情况下，居然还能思虑得如此周全，真是让人惊叹。

方铛铛瞬间觉得，她那点儿智商，在这群人眼里，根本不值一提。

她羞愧地低下头，感觉脑子被放在地上，任由黄丽霜碾轧。

贺弯弯看了她一眼，跟她一起低下了头。

嗯，好姐妹就该整整齐齐的。

她们一起被碾轧。

黄丽霜没有注意到她们两个人的小动作，自顾自地解释："至于什么合作伙伴什么小明星什么嫩模，那都是我自己套出来的。"

她本来只是随口一诈，谁知道还真的被她诈出来了那么多事情。

方铛铛跟在周至町身边这么久，在眼力见上，多少比以前有点儿长进了。她看出黄丽霜心情不好，连忙跟黄丽霜道歉："真是对不起……"

"行了，这件事情就不要再多说了。"黄丽霜冲她摆了摆手，"我已经开了个头，之后怎么做，周先生应该清楚。只要你们闹得够大，林阳基本上是没有翻身的机会了。"

说到这里，她脸上露出一丝失落。到底是自己真心喜欢过的人，看到他如今落得这样的结局，黄丽霜心里也是不好受的。

不过饶是如此，她也没有过多的负面情绪。她将墨镜重新戴上："我打算出去走走，正好散散心，等我回来的时候，估计事情也都处理得差不多了吧。"

她站起身就要告辞，方铛铛连忙跟着一起站起来："那，祝你一路顺风。"

黄丽霜点了点头,转过身,大步朝外面走去,再也没有一丝留恋。

黄丽霜说得没错,林阳他们学校以雷霆手段直接取消了他的学位。惩罚不可谓不严,这样的确是恢复学校名誉的最好办法。况且,有黄丽霜的父亲在,林阳想要轻易逃脱,没有那么容易。

这还不算完。林阳之前煽动舆论,操控水军,给周至町他们公司抹黑的事情也有了结果,林阳被警察带走做调查。不仅如此,周至町还通过法律程序起诉林阳篡改他的硕士论文。

几件事情叠在一起,林阳就是想翻身,也难了。

第十三章
今天也是甜甜的一天

夕阳下，周至町将车子停在了北郊公墓外面。

他看了一眼旁边的方铛铛："你真不去？"

"不去。"方铛铛面无表情，"你去见你的初恋，我去干什么？"

"唉！"周至町轻轻叹了口气，转过头来，无奈地看向她，"方铛铛，究竟要我说多少遍，李茉不是我的初恋，不是！你为什么总是拿这件事情来戳我？"

方铛铛嘟起嘴看向窗外，不想跟他说话。

"好吧。"见她不理会，周至町改了口，"你既然不想去就算了。我知道，你吃醋嘛。正常正常，我理解。"

"瞎说！"方铛铛立刻不干了，转过头来瞪大了眼睛看向周至町，"我什么时候吃醋了？周至町你不要自作多情行不行？"

周至町解开安全带，说道："我理解你的含蓄……"

他一转头，就见方铛铛攥起了拳头，对他做出警告。周至町连忙改口："行行行，你不是吃醋，不是，行了吧？"

周至町拉开车门，跳了下去。等到他走了，方铛铛才颇有些怅然地长舒一口气。

其实，她不是真的不想去，只是觉得去了会尴尬，加上……她自己都说了她不去，要是现在跟着去，那不是打脸吗？

"我说，"方铛铛听见周至町阴魂不散的声音，他不知道又从哪儿跑了回来，探了个头对方铛铛说，"这太阳都快下山了，你一个人不害怕？"

方铛铛最终还是跟着周至町一起去了。

方铛铛手捧鲜花，一副忍辱负重的样子，跟在周至町身后，耷拉着脑袋，念叨着："周至町，我不是吃醋……"

"我知道。"她话还没有说完，周至町就插嘴道，"你是怕鬼。"

"瞎说！"方铛铛立刻斥责，"作为一个社会主义接班人，怎么能说出这种话？周至町，你马克思主义哲学学到哪里去了？"

周至町转过身来，一句话不说，笑眯眯地看着她散德行。

方铛铛被他看得不自然，下意识地动了动脑袋，强硬道："你看什么？"

她说着又要踢人，周至町躲她的拳脚已经习惯，当即一侧身："我

看你长得好看。"

周至町和方铛铛确认了关系,嘴上那把锁就被解开了,每天的甜言蜜语跟不要钱一样,争先恐后地往方铛铛身上砸去。刚开始方铛铛还不好意思,心中暗暗害羞,现在已经听习惯无动于衷了。

她冲周至町翻了个白眼,展现出了一个社会主义接班人应有的气节,丝毫不为他的糖衣炮弹所动。

周至町见她如此反应,坏笑着撇了撇嘴,拉着不肯好好走路的她,朝着李茉的墓地走去。

方铛铛和周至町站在李茉墓前那一方小小的空地前,将手上那捧铃兰放下。墓碑的照片上,女孩子笑得非常灿烂,看上去乖巧又靓丽,跟校园电影里面那些校花没多少区别。

"我其实,已经记不太清她长什么样子了。"周至町看着那张照片,突然有感而发。他是真的记不太清,这些年来虽然梦到过李茉,但他梦里翻来覆去出现的人,大多数都是一个满脸鲜血的少女。再往后,就看不清了。

时间一久,周至町发现,他梦里的李茉,跟如今照片上的李茉,还是有些不一样的。

周至町伸手,在她的照片上摸了一下,上面有一层薄薄的灰。

"她母亲去世,父亲后来娶了别人,逢年过节,连个给她扫墓的人都没有。以前那么爱干净爱漂亮的一个女孩子，死后冷冷清清不说，连束花都没人给送。"周至町有些抱歉地笑了一下，"我也做得不好，这么多年，一次都没有来看过她，哪里来的资格说别人？"

因为这些年来一直受困于噩梦和心结，他一次都没有来看过她。

墓碑寒凉，周至町碰到的时候，不自觉地蜷缩起了手指。就在他打算撤走的时候，他的另一只手，被一只柔软的小手给握住了。

方铛铛的声音从他旁边传来："别想了，这件事情不是你的错。"

周至町一样也是受害者。

周至町反手握住她的手，疲惫地笑了笑："我知道。以前，我一直自诩大方，不想去追究林阳的过错。现在再看，我真的错得离谱。这件事情，受害的不光是我，还有李茉。如果不将林阳揪出来，我可能一生都没办法站在李茉墓前，无法如此平静地跟她说这件事。"

李茉不是他的心魔，林阳才是他的心魔。

周至町将那捧铃兰花整理好，拉着方铛铛，对墓碑说道："这是我的女朋友，我们现在感情稳定，不久之后就会结婚。大家……都各自有了各自的生活，如果你还活着，现在未必记得我了。既然时间不会因为你是生是死有所改变，那你就好好放下，好好过自己的日子吧。"

"困守一隅是对坏人的惩罚，你天然纯净，不该受此辛劳。"

看不破，求不得，才是对人最大的惩罚。

周至町说完,冲李茉的照片笑了一下,拉着还在愣神的方铠铠,转过身,大步朝山下走去。

夕阳照在他们身上,看上去温暖极了。连带着墓碑照片上的少女,唇边好像都染上了一层浅浅的金色。

走了老远,方铠铠终于想起来有什么不对劲了。

周至町转过头来看向方铠铠,用眼神询问她:怎么了?

方铠铠双手环胸:"周至町,你是不是有什么话没跟我交代清楚?"

"话?"周至町眉毛挑得快要从脸上飞出去了,"什么话?"

方铠铠看着他装傻,本来不想说破的,但还是没忍住:"你刚刚在李茉墓前说什么?谁要跟你结婚?我什么时候说过要跟你结婚了?"

她咕哝着:"连个求婚都没有,凭什么要跟你结婚?"

哦,原来是说这个。

周至町忍着笑意,走到方铠铠面前:"怎么,你不想跟我结婚?"

"不想。"方铠铠闷声闷气地说道。

连个求婚都没有,自己怎么可能跟他结婚?

虽然什么天空撒花瓣,什么热气球,什么市中心电视屏,每一个听上去、看上去都会让人害羞,她不一定受得了,但最起码的仪式还是要有吧。

什么仪式都没有，就凭一句话就想把人带走，他周至町未免想得也太好了。

"哦——不——想——啊——"

周至町把每一个字音都拖得好长，长到方铛铛受不了了，白了他一眼，怒冲冲道："你声音拖那么长干什么？讨厌！"

"不——干——吗——"方铛铛的呵斥没能制止周至町，他反而将声音拖得更长，故意含笑看着方铛铛。

"周至町！"方铛铛果然暴走，"不许拖长了声音说话！"

一个大男人，声音拖这么长，一点儿都不干脆！

再说了，她会觉得周至町这是在笑话她。

周至町见她恼了，不但不收敛，反而将声音拖得更长："不——行——"

"为什么？"方铛铛抬眼看他。

声音拖这么长，跟他说话，费力死了。

"因为——能制止我的人只有我老婆，"周至町轻轻哼了一声，"你不嫁给我，连未来成为我老婆的可能性都没有，我为什么要为你改？"

图穷匕见，他立马惹来方铛铛的不高兴："你连个求婚都没有，我才不要答应呢。"

哦,原来是这个。

周至町恍然。

难怪人家姑娘不答应。

他随手扯过旁边的一根草,团弄团弄,勉强能看出来是个圈,递到方铛铛面前:"戒指,我跟你求婚。你答应吗?"

答应个鬼啊!

方铛铛一把将那个草戒指扯过来,扔到周至町脑袋上。他才三岁吗?求婚还用草戒指。还有,哪家的奇葩求婚会在公墓?

方铛铛简直想捶爆他的狗头!

她发现,周至町根本就心不诚。

方铛铛成功地被周至町气成了一个锤子,她气鼓鼓地低着头,下山去了。

周至町优哉游哉地跟在她身后,见她走到车前了,他打开车门,让她坐进去。

方铛铛一屁股坐进去,周至町也上了车,看了她一眼,笑着问她:"真生气了啊?"

他嘴欠就算了,手也跟着欠,说着说着就上手,想把方铛铛的脸转过来。可是他的手刚刚碰到方铛铛,方铛铛一扭,强行将他的手给甩开了。

周至町也不强求,漫不经心地说道:"哎呀,我知道你们女孩子,都希望有个很盛大很浪漫的求婚仪式，但是我要真那样做了，你觉得你受得了吗？"

他侧着脸打量方铛铛，一边发动车子，一边说道："什么热气球什么花瓣雨什么大屏幕，你自己想想，愿不愿意把求婚这种事情放在大庭广众之下给人看？"

方铛铛肯定是不愿意的，但她也不愿意被周至町这么敷衍地对待。

她张了张口，正想申辩，周至町好像没有看到一样，对她指了指操作台下面那个小抽屉："你帮我拿包纸出来。"

方铛铛到了嘴边的话就这么被他堵了回去，她下意识地打开抽屉。只听啪嗒一声，抽屉开了，跟抽屉一起开的，还有一个蓝绿色的小盒子，里面一枚小小的钻戒，在车顶灯的照射下散发着晶莹璀璨的光芒。

方铛铛一瞬间呆住了，没能实现从"墓地求婚"转变到"车内惊喜"，思维一时半会儿还有点儿跟不上。

见她傻眼，周至町大男子的虚荣心瞬间得到极大满足。他一边按下车窗，一边好笑地看着她："你就没有什么想跟我说的？"

夜风吹来，周至町不知道什么时候把车开到了山上，星河灿烂，像宝石一样在他们头顶铺开，看上去瑰丽异常。

方铛铛没注意周至町又把这句话还给了她，她现在脑子里都是眼前这枚钻戒。钻石不大，看上去小巧可爱，但切割得很好，亮度十足，一点儿光进来，就折射出千万光芒，让人怦然心动。

方铛铛看着那枚钻戒,喃喃自语:"我发现,女人还是喜欢这些亮晶晶的东西……"

想她这么一个朴素的少女,每天除了垂涎二次元纸片男神、三次元手办玩偶,再也无欲无求了,没想到有朝一日能被这种她一向嗤之以鼻的东西俘虏。

她伸手,正要去拿那枚钻戒,没想到手刚刚伸出去,钻戒就先一步被周至町拿走了。

他笑道:"戴戒指这种事情,应该由我来。"

周至町小心翼翼地将那枚钻戒取下来,放在指尖。灯光下,他的笑容看上去格外真切动人,好像动漫里加了星星和鲜花的男主角,莫名让方铛铛面红心跳。

周至町将她的手拉过来,将钻戒小心翼翼地套进她右手无名指,她大气都不敢出一声,睁大了眼睛看着他。

周至町的一切动作,在方铛铛眼里都成了慢镜头,一点儿一点儿被无限拉长。

微凉的戒指被戴到了方铛铛的无名指上,她一惊,这才回过神来,再看时,那枚钻戒已经在她的手指上熠熠生辉了。

周至町拉起她的手,得意地说道:"看来我的估计还是正确的,尺寸刚刚好。"

方铛铛一把将手撤回来,正要傲娇,周至町却像是早就猜到了一样,一把将她拉进怀里,轻轻在她额头上亲了一下。

他的吻,带着山上的风,还有方铛铛这些年来的期望,让她的小心脏如小鹿乱撞,几乎就要跳出来。

方铛铛连忙摁住自己的胸口,小声嘟囔:"我还没有答应呢……"

周至町听见了,却装作没有听到。

嗯,反正戒指已经戴到了她的手上,她也不能反悔了。

林阳被羁押后,周至町抽空去看了他一次。

两人隔着一道玻璃,看上去像是各守一隅。

才几天不见,林阳看上去憔悴不少,见到周至町,他露出一丝冷笑:"怎么,你来炫耀?"

"嗯。"周至町大大方方承认,他举起手,朝林阳露了一下他手上那枚素戒,"我要结婚了,过来跟你说一声。毕竟你要结婚的时候都跟我说了。"

林阳听了,嗤笑一声,将头偏向一边,不屑地说道:"就跟你那个哑巴?"

周至町惊讶了:"林阳,我发现你这个人,有句话可以很好地形容,叫心比天高。后面那句话是什么我就不说了,反正你也知道。"他将林阳从头到脚打量了一番:"你现在都这副模样了,居然还好意思挑挑拣拣。你出狱之后能不能找到对象都还两说呢,你用得着看不

起人吗？"

"再说了，"周至町埋汰林阳还不忘给方铛铛正名，"我未婚妻不是哑巴。你是忘了她怎么骂你的吗？"

林阳用从鼻子里喷出来一口气，无声地表达了他对周至町这番话的态度。

周至町既然来了，当然也想到了林阳会怎么对他，因此他丝毫不介意林阳的不屑，懒洋洋地说道："其实，我发现现在跟你讲话，挺让我放松的。你以前总绷紧着神经，现在彻底放松，自己舒服，别人也舒服。你出狱以后，记得继续保持这种状态，你的朋友肯定会多起来的。"

林阳忍无可忍，冲周至町吼道："我现在只是羁押！不是入狱！"

"行、行、行。"周至町哄道，"只是羁押，羁押而已。不过，我来之前问过律师了，你这次犯的事情不小，不光是我这边的事情吧，好像还说你贪污项目款？还涉嫌诈骗？既然是这样的话，那你这个羁押转成入狱，也只是时间问题吧？"

不查不知道，一查才发现，林阳犯的事情并不少。跟人一夜情，哄骗女性就算了，他居然还骗财骗色。外表是个温和的花花公子，实则是个下九流的浑蛋，不但风流，还风流得很下流。

听了周至町的话，林阳的脸色更阴沉了："你来就是跟我说这些废话的吗？"

周至町点点头:"我本来以为你不会见我的,但没想到,你还是见了。这一点,倒很让我惊讶啊。"

林阳此刻已经完全认定了周至町就是过来找他显摆的,忍无可忍,就要挂听筒。周至町连忙叫住他:"林阳,我去看李茉了。"

林阳握听筒的手一顿,没有说话。

周至町笑了一下:"这么多年,你一次都没有去看过她啊?看来你也不敢面对她嘛。"他站起身来,看着林阳:"也对,她都没有进过你的梦里吧?你看,她知道谁才是胆小又怯懦的那个人。"

说完,周至町挂了听筒,冲愣住的林阳挥了挥手,不等他做出反应,便转过身,头也不回地大步离开。

他自然也看不到,在他走后,在另一边大喊大叫、终于崩溃的林阳。

"我定了今天晚上的闹钟,到时候谁也别想阻拦我抢手办!"

"我也是,希望手速快点儿。"

"哎呀,抢到了也是痛苦,我妈肯定又要骂我。"

"你妈骂你,你可以把手办给我,我不怕骂。"

……

方铛铛看了一眼为新款手办讨论得热火朝天的群,又默默地将群关了。

没办法,她现在看不得这些。

只要一想到这段时间大幅缩水的收入,她就觉得,自己不配拥有这么好的手办。

自从她的粉丝大户周至町发现他不用听方铛铛直播 ASMR 就能入睡,便再也不给她打赏了。至于方铛铛,到了此时方知,原来这两年多亏了周至町捧场,她才能实现致富奔小康,一时之间,心情有点儿复杂。

心情复杂归复杂,更现实的问题是,失去了这么一个打赏大户,她的收入直接呈断崖式下降,现在连看一眼手办都是奢侈,更不会想能拥有它了。

当然,周至町虽然不给方铛铛打赏了,但又提出了一个新的挣钱方法,那就是——肉偿!

结果是他被方铛铛毫不留情地打出去了。

由此可见,就算这些企业家伪装得再好,他们本质依然是当代黄世仁。

方铛铛恋恋不舍地关了页面,拿起了旁边的简历,穿好衣服出了门。

因为失去了这么一个大客户,方铛铛再也不能随意买手办了,加上距离她妈给她的最后期限越来越近,她没办法,只能出去找工作。

她厌惯了,即便是找工作,也不敢去人太多的地方,幸好之前跟周至町出去吃饭的时候偶然看到他们这边的社区在招志愿者,服务对象主要是自闭症患者。方铛铛觉得,她在某种程度上跟自闭症患者差不多,于是她做了简历,拿着去了。

她战战兢兢地将简历交给面试她的姐姐,紧张地吞了吞口水。

面试方铛铛的姐姐三十多岁,十分面善,她察觉到了方铛铛的紧张,笑着说:"没事,我们只是例行询问一下。"她翻了一下方铛铛的简历:"师范学院?你大学毕业之后没有出去工作吗?"

被人这么一问,方铛铛更加窘迫了。难怪她妈不想让她继续待在家里,就冲她不愿跟人交流这点,让她出去都是为了她好。

她点了点头,小声解释道:"我……我不太喜欢跟人接触……想从最容易的人际沟通开始……"

那个姐姐听到她这么说,眉头微微地皱了一下:"我们这个志愿者,虽然听起来简单,但跟自闭症患者交流,真不是容易的。"

方铛铛的心跟着她的眉毛一起皱起来,听到姐姐这么说,顿时连大气也不敢出。

那个姐姐又说道:"我们这里,工资不高,你这样的年轻姑娘,恐怕生活起来有困难。"

"没事。"方铛铛连忙解释,"我就住在一条街以外,我家里……情况还行。"

就算没有了周至町这个大客户,她还有一笔直播收入呢,虽然比不上以前,但是吃饭、生活也不至于成问题。

那个姐姐听她这么说，干脆放下简历，直视她的眼睛："小姑娘，你知道我们志愿者要做什么吗？不是让你来体验生活，或者随便找份零工。有爱心有耐心是最起码的，你还要有足够的沟通技巧。在普通人眼中，绝大部分自闭症患者跟个小孩子一样。我们既然要陪伴他们，肯定是要高质量的陪伴。如果只是简单地管一日三餐，那跟一般的福利院有什么区别？况且，他们的家长并不需要把他们送到福利院去。"

方铠铠听出她话里的意思，抿住唇，没有作声。

那个姐姐看了她一眼："我看你跟人沟通的技巧还很欠缺，还是……算了吧。我们服务的对象比较特殊，如果处理不好，可能会引起麻烦。"

这就是拍板不录用她的意思了。

方铠铠听明白了，点了点头，站起身来，面试她的姐姐伸手示意她拿回简历。她收了简历要走，刚刚转身，却又像是想起了什么一样，转过头来看向那个姐姐："其实我可以学的……"声音怯怯的，像只小兽，倒是比之前好些了。

简单的一句话，已经耗费了她所有的勇气。

那个姐姐思考了一下，回给她一个抱歉的眼神。

方铠铠再也不好意思继续哀求了，拿着简历就要出去。

社区环境还不错，到处都是一片绿色，看得出来，为了这些自闭症患者，社区花了很多心思，难怪面试要求会那么高。

方铛铛站在门口,一时之间有点儿不知道该怎么办。

她本来以为,到社区当个志愿者是件很容易的事情,谁知道,现实给她浇了一盆冷水,冻得她打了个寒战。

她好不容易鼓起来的勇气,就这样消失得无影无踪了……

她垂头丧气地走到一边,站在那里又开始神游。不知道过了多久,她感到腿被一个软软的东西撞到了,低头一看,发现是个小孩子。

那孩子看上去四五岁的样子,虽然穿得不错,但衣服脏兮兮的,黑白分明的瞳仁里少了几分同龄孩子的灵气,看上去木木的。

哦,这是一个自闭症患儿。

方铛铛看了一眼便明白了。那个小孩子怯怯地看了她一眼,明明害怕,却不知道躲。

方铛铛看了一眼脚下,见那里躺着一个小皮球。她弯下腰,将小皮球捡起来,没有直接给那个孩子,而是放在了一边,自己又走开了几步。

等到她走开了,那个孩子才确定她是真的对自己没有威胁,连忙将那个小皮球抱在怀里,飞快地走了。

方铛铛看着那个孩子离开,得意扬扬地笑了一下。说她不会跟人沟通?她这不是挺会跟人沟通的嘛。

大不了……大不了,这个社区不要她,她换下一个社区就行了。

这么一想，方铛铛心里立刻轻松许多。她迈着步子准备朝门外走去，才走了没两步，就听见有陌生人的声音传过来。

"现在这些APP，真是垃圾。打着什么社交的旗号，不就是让男男女女约会吗？"

"对对对。"有人连忙附和，"就比如那个什么'约饭'，美其名曰让大家多个吃饭的人，本质上不还是约会吗？而且，这些APP的导向性可恶心了，动不动物化女性，把女性说得好像是男人们的附属品一样，除了约约约、睡睡睡，没别的作用了。"

"可不是——"

"不是！"之前开口说话的那个人还没有说完，另一个陌生的声音就插了进来，非常严肃地打断了她们的话。

方铛铛不知道哪里来的勇气，双手握拳，脸不自觉地涨得通红，瞪大了眼睛看着刚才说话的两个女孩子："你们错了。其他APP是什么样子的我不知道，但'约饭'绝对不是你们说的那样。而且，人家不是澄清了吗？网上那么多消息，难道有假？"

她第一次主动跟陌生人说话，还是帮周至町说清情况，既不能太疾言厉色，又不能太软弱，免得人家不相信。这对于方铛铛而言，不可谓不困难。

两个女孩子突然听到一个陌生人这么说话，愣住了。其中一个女孩子说道："网上的消息有可能是他们故意散布的啊，这对于企业来说，并不稀奇。"

"可'约饭'依然有这么多的用户，其中还有相当一部分女性用户，这难道不能说明问题吗？"方铛铛吞了吞口水，"况且，APP只是一个平台，真正包藏祸心的是人，只要有心，就算没有APP，他们照样会约人。"

"至于歧视女性，更是无稽之谈了。"方铛铛深吸了一口气，"他们如果歧视女性，又怎么会在一开始就提醒广大用户，要小心别有用心的人呢？他们应该像有些APP一样，乐见其成才对。而且，'约饭'的女性员工录取比例，一直都是有名的高。"

道理是这个道理。那两个女孩子也不是油盐不进的人，方铛铛都已经摆出数据了，也由不得她们不信。

她们点了点头："你这话说得也不错。说那么多，男女员工录取比例才是最有说服力的。"

方铛铛听她们这么一说，当即松了口气，心里有点儿得意。看吧，说服人也不是那么困难的事情。

那两个女孩子可能就是过来躲大太阳的，休息好了，起身就要出去。路过方铛铛的时候，还对她笑了一下。善意的笑容，很容易消散交流中的火药味，比再多的语言都有用。

等她们走了，方铛铛也要离开。她刚刚转身，就看到刚才面试的姐姐，站在不远处看着她。

见到方铛铛,她连忙走过来:"哎,我还在到处找你呢。我刚才看到你跟那个小孩子的互动,觉得你也不像是什么都不懂。你要是还想继续过来当志愿者,就来试试吧。"

方铛铛一听,先是一愣,随即反应过来,连忙点头:"好好好。"

那个姐姐冲她笑了笑:"方便的话,明天就来上班吧。要熟悉的东西还有很多,慢慢来。多问多想就行。"

方铛铛的心里被雀跃和高兴占满,忙着点头。她第一次觉得,被人肯定是这么开心的一件事情。

那个姐姐见她如此高兴,也忍不住笑起来:"行了,你男朋友等你好久了,快去吧。"

经她一提醒,方铛铛才知道有人等她。她转过头一看,发现周至町站在不远的地方,不知道站了多久了。

她正高兴,连忙小跑着过去。

周至町一把将她揽在怀里,带着她往外走:"可以啊方铛铛,不仅学会了自己找工作,还能跟陌生人有理有据地争上两句了。你那么激动,这是在提前履行老板娘的职责吗?"

"瞎说——"方铛铛正要伸手拧他,冷不防地,脸颊上被他亲了一下。如此大庭广众之下,还有好多小朋友,周至町真是不怕教坏孩子。

方铛铛羞得不行，正打算钻进他怀里把脸遮起来。谁知道，旁边冷不丁地来了个支支吾吾的声音："你们……你们不是，不是甥舅关系吗？"

方铛铛抬眼一看，来人长得白白嫩嫩，有点儿面熟，但一时之间想不起来究竟是谁。

正在她疑惑间，周至町一口叫出对方的名字："你好啊，小徐先生。"

哦，方铛铛瞬间想起来了！

很显然，前相亲对象小徐先生被他们如此"不知廉耻"的恩爱行为给惊呆了。方铛铛正要解释，周至町却像是早已经猜到她要干什么一样，又偏过头在她脸上亲了一下，不等她挣扎，一把将她搂在怀里。

在小徐先生的惊愕声中，周至町带着方铛铛大笑而去。

夕阳余晖洒下，鸟雀飞过，方铛铛气鼓鼓地从周至町怀中挣扎出来："你等等，我得去解释！"

解释？想得美！

周至町一把将她拉住，强行带走她："行了，不重要的人，解释那么多干什么？"

方铛铛还想挣扎，可是周至町根本不给她机会，拉着她往前走：

"你上次说的那家餐厅我们今晚去吃吧。"

方铛铛的注意力立刻被转移:"你不是嫌人多吗?"

"陪你就不多。"

"周至町,你今天有点儿怪。嘴巴怎么这么甜?"

"甜吗?没尝过怎么知道甜?你要不要尝一下?"

"走开啦——唔——"

嗯,今天也是甜甜的一天呢。

- 全文完 -

本书由不知火委托长沙大鱼文化传媒有限公司正式授权太白文艺出版社,在中国大陆地区独家出版中文简体版本。未经书面同意,本书的任何部分不得以图表、电子、影印、缩拍、录音和其他手段进行复制和转载,违者必究。